Das Buch

Helmut wird von Gewissenskonflikten geplagt. Was für einen Beruf soll er ergreifen? Sein Vater, selbst begeisterter Hitler-Anhänger, rät zu einer „Karriere“ bei der Wehrmacht. Doch Helmut will nicht. Er möchte lieber Theologe werden – ein Priester, der den Menschen hilft, durch die verwirrte Zeit zu gehen. Als er ausgemergelte Gestalten eines Konzentrationslagers zu sehen bekommt, gerät er ins Grübeln. Wie kann er in seinem Leben etwas gegen dieses Unrecht tun?
Die Frage lässt Helmut nicht mehr los. Er entscheidet sich gegen das Theologiestudium und tritt stattdessen in die SS ein. Direkt vor Ort – im Konzentrationslager – will er aus christlicher Überzeugung den geschundenen Opfern helfen. Mit seiner gelebten Nächstenliebe riskiert Helmut schon bald sein Leben. Auch andere versuchen trotz großer Gefahr zu helfen ...

Der Autor

Hermann Multhaupt wurde 1937 in Beverungen geboren. Als Journalist wirkte er in Karlsruhe, Offenburg, Mannheim, in der bayrischen Oberpfalz und in Baden-Baden; von 1979 bis 2000 war er Chefredakteur der Kirchenzeitung „Der Dom“. Für seine kirchlich engagierte Tätigkeit bekam er 1981 den Journalistenpreis der Deutschen Bischofskonferenz.
Multhaupts Wirken als Schriftsteller umfasst mehr als 80 Bücher, darunter zahlreiche historische Romane. Zusammen mit dem evangelischen Pfarrer Manfred Wester gilt Multhaupt als Wiederentdecker irischer Segenswünsche, von denen er zahlreiche Bände herausgab.
Im **dialog**verlag erschienen seine Erzählungen „Die Judenmetzgerei“ und „Die Mordnacht über der Königspfalz“.

Hermann Multhaupt

Schutzengel Helmut

dialogverlag

Besuchen Sie uns im Internet:
www.dialogverlag.de

Umwelthinweis:
Dieses Buch wurde auf chlor- und säurefreiem Papier gedruckt.

Bibliografische Information der Deutschen Nationalbibliothek
Die Deutsche Nationalbibliothek verzeichnet diese Publikation in der Deutschen Nationalbibliografie; detaillierte bibliografische Daten sind im Internet über http://dnb.d-nb.de abrufbar.

ISBN 978-3-944974-56-9
1. Auflage 2021

Titelbild: iStock.com/ewg3D
Cover: Eva Lotta Stein
Gestaltung: **kampanile**.de

Gesamtherstellung: **dialog**verlag

Schutzengel
Helmut

„Aus dir wird nie was. Wenn du so weitermachst, kannst du höchstens Steine klopfen!“

Die Stimme des Vaters schäumt vor Wut. Er läuft in der Diele wütend auf und ab und straft seinen Sohn mit vernichtenden Blicken. Die Mutter hat sich beim heraufziehenden Familiengewitter in die Küche verzogen. Solche Ausfälle ihres Mannes kennt sie, sie wiederholen sich in jüngster Zeit regelmäßig.

„Was willst du denn nur werden, he? Schau dir deinen Freund Adolf an. Er führt seit zwei Jahren sehr erfolgreich eine HJ-Gruppe und du benimmst dich wie ein Pimpf. Du kannst innerhalb des Militärs ganz schön aufsteigen, ja, Karriere machen. Aber was machst du? Ziehst dich in ein Schneckenhaus zurück, statt dich einer der NS-Organisationen anzuschließen.“

Der Herbst kommt früh in diesem Jahr. Die fein geäderten Blätter taumeln vom Kirschbaum, das Laub raschelt am Boden.

„Und dann die heimlichen Besuche bei diesem Pfarrer! Meinst du, ich wüsste nicht Bescheid? Der NSDAP-Ortsgruppenleiter hat mich neulich beiseite genommen und gemeint, ich müsste dich an die Kandare nehmen.“

Helmut kennt die verbalen Ausbrüche seines Vaters. Sie häufen sich, je mehr die Armeen von Sieg zu Sieg eilen und im Großdeutschen Rundfunk die Sondermeldungen an der Tagesordnung sind.

„Wenn du jetzt dabei wärst, Junge, könnten wir stolz auf dich sein. Vielleicht hättest du schon das EK Zwei.“

„Oder ich läge irgendwo unter der Erde.“

„Ja, aber dann wärst du den Heldentod gestorben für Führer, Volk und Vaterland, und man würde uns achten, Mutter und mich.“

Mein Gott, ist das sein Vater, der so spricht? Helmut wird 17. Ja, in diesem Alter haben zwei ältere Freunde schon Bekanntschaft mit der SS-Eliteeinheit „Leibstandarte Adolf Hitler“ gemacht und einer ist der Flieger-HJ beigetreten und schwärmt von den vielen Möglichkeiten der künftigen Lebensgestaltung.

Wenn Helmut das hört, wird er still. Er will kein Soldat werden, er will nicht auf Menschen schießen. Denn darauf läuft doch alles hinaus: die Jugend fest wie Kruppstahl zu machen, damit sie ohne Gewissensbisse und Hemmungen das Gewehr auf Menschen anderer Nationen richtet.

Die Dielenuhr tickt. Wenn es still ist, hört man, wie die Unruh im Gehäuse mit der Zeit umgeht, die Stunden in Stücke zerteilt. Der Vater hat sich noch nicht beruhigt. Er steht am Fenster und schaut in den farblosen Abend hinaus. Sein Atem rasselt.

Gleich, gleich, denkt Helmut, wird er auf das vorbildliche Beispiel von Helga, seiner Schwester, zu sprechen kommen, die sich freiwillig zum Reichsarbeitsdienst gemeldet hat und den Westwall befestigen hilft. Doch nein, diesmal versagt der Vater sich die Laudatio.

„Willst du denn wirklich nur Steineklopfer werden?“, fragt er. Seine Stimme klingt brüchig, enttäuscht, man spürt die Resignation.

„Ich bin noch unschlüssig, was ich werden will. Erst mal Abitur machen.“

„Mit dem Notabitur kannst du gleich bei der Wehrmacht einsteigen. Bist Offiziersanwärter.“

Helmut hat natürlich nie an den Beruf des Steineklopfers gedacht, nein, er hat Talent zu mehr, und das weiß er. Das weiß auch der Vater, der es nicht verwinden kann, dass sein einziger Sohn in der NSDAP und ihren Machtstrukturen keine Karriere machen will. Helmut ist doch der Idealtyp des neuen Herrenmenschen: groß, blond, blaue Augen. Warum ist dieser Bengel so renitent!

Helmut weiß aber auch, dass Steineklopfer eine künstlerische Ader haben. Die bunten Mosaiken auf den römischen Tempelböden beweisen es. Im Geschichtsbuch sind einige Beispiele abgebildet. Steineklopfer ist ein ehrenwerter Beruf.

Helmut möchte eigentlich Theologe werden, Priester, der den Menschen hilft, durch diese verwirrte Zeit zu gehen. Der ihnen sagt, wie demagogisch das Regime ist, das in Deutschland herrscht und die Welt unterjocht. Einige Theologen sind schon verhaftet worden. Der Vikar von der benachbarten St.-Laurentius-Gemeinde in einem Dorf des Münsterlandes gehört dazu. Er hat als Pfarrverweser gegen die staatliche Wegeordnung der Fronleichnamsprozession verstoßen und mit dem Allerheiligsten die alten gewohnten Straßen beschritten. Nur um die Kirche – so hatte die Verfügung geheißen, gegen die er aufgemuckt hat. Angeblich wegen Fliegergefahr. Auf dem Lande hat sich noch kein feindliches Flugzeug blicken lassen. Der Schreiner aus dem Ort, den man bei der Kirchenvorstandswahl übersah, hat ihn bei der Kreisleitung denunziert. Jetzt sitzt der Vikar im Dachauer Priesterblock. Was ist das für eine Zeit, in der sogar Kinder ihre Eltern anzeigen, weil sie ein Wort gegen den Führer oder die Partei gesagt haben!

Die unerwartete Stille auf der Diele hat die Mutter hervorgelockt. Bei den Tiraden ihres Mannes, der ein begeisterter Hitler-Anhänger ist, zieht sie sich oft zurück. Sie kennt die sich ständig wiederholenden Vorwürfe gegen Helmut und weicht ihnen aus. Seit der Hausarzt bei ihr Herzrhythmusstörungen festgestellt und einen Krankenhausaufenthalt verordnet hat, muss sie unnötigen Aufregungen aus dem Weg gehen. Welcher Konflikt mit dem Vater wird erst heraufbeschworen, wenn Helmut gesteht, dass er Theologie studieren will? Denn noch ahnt er nichts von den Plänen seines Sohnes.

Helmut trifft sich im Schwesternhaus manchmal heimlich mit einem Geistlichen, der Dachau überlebt hat und schwerkrank entlassen worden ist. Die Tuberkulose hat ihm nur eine Viertellunge gelassen. Er atmet schwer, und manchmal muss er im Gespräch innehalten, weil er nicht weiterreden kann. Er weiß, dass ihm der Herrgott nicht mehr viel Zeit lässt.

„Du solltest nicht jede Woche kommen, Helmut", warnt der Priester. „Man darf uns nicht zusammen sehen. Ich stehe bestimmt unter Beobachtung, und ich möchte dich nicht in eine Sache hineinziehen, die dir schaden kann."

Helmut weiß das. Doch eine Frage brennt ihm auf dem Herzen, eine Frage, die er für sich allein beantworten muss und die sein Theologiestudium infrage stellt. Kürzlich ist er in der Dämmerung zufällig an einem Außenkommando eines Konzentrationslagers vorbei gekommen und hat beobachtet, wie die ausgemergelten Gestalten in ihren Drillichanzügen und kahl rasierten Köpfen ins Lager zurückgetrieben wurden.

Der Anblick hat ihn entsetzt, aber auch aufgerüttelt, etwas gegen dieses Unrecht zu tun. Das heißt, er wird nach dem Abitur nicht ins theologische Seminar eintreten, er muss eine Möglichkeit suchen, den verfolgten, schikanierten Menschen zu helfen. Einer gegen die ganze Welt? Oder gibt es Mitstreiter, Verbündete, die so denken wie er? Die Heilige Schrift liefert viele Beispiele, um Mitmenschlichkeit, Nächstenliebe zu üben. Aber hier geht es um ein gewaltiges Machtsystem.

Diese Frage hat Helmut in jüngster Zeit wieder und wieder mit dem Geistlichen erörtert. Zu einem Entschluss sind sie bisher nicht gekommen. „Du müsstest einen sehr hohen Posten bekleiden, um Einfluss zu haben", ahnt der Priester. „Und auch dann ist dein Plan hochgefährlich. Bis du dich durch alle Instanzen hinaufgedient hast, vergehen Jahre, und bis dahin ist der Krieg aus und Deutschland besiegt."

Dass Deutschland den Krieg verlieren wird, kann Helmut nicht glauben. Er erlebt die Siegesgewissheit seines Vaters, und dieser Glaube ist ansteckend. Der Vater träumt von einem neuen Reich, einer neuen Ordnung unter Führung der Nationalsozialistischen Deutschen Arbeiterpartei, die die Schwächen der Weimarer Republik ausmerzt und das Diktat der Siegermächte nach dem Ersten Weltkrieg in der Luft zerreißt. Doch als Helmut den Vater einmal fragt, warum 1938 die Synagogen in Deutschland brennen, erhält er die lapidare Antwort: „Weil die Juden es verdient haben."

Dass nicht alle Menschen mit dem Führungsstil Adolf Hitlers einverstanden sind, dass er nicht konform denkende Männer und Frauen in Konzentrationslagern oder Gefängnissen verschwinden lässt, kann der Vater nicht glauben. Auch dass so viele ausländische Arbeitskräfte aus ihren Heimatländern zwangsdeportiert werden, um hier Sklavenarbeit zu verrichten, kann ja nur etwas mit Wiedergutmachung zu tun haben. Die halbe Welt hat sich im Ersten Weltkrieg gegen Deutschland verschworen, das muss jetzt gerächt werden. Wenn er die Umzüge sieht, die Marschmusik hört, die Auftritte mit hunderten Fahnen erlebt, dann schwillt dem Vater die Brust und er summt begeistert das „Horst-Wessel-Lied“ mit.

Die Mutter grämt sich, Helmut spürt es. Sie teilt den Glauben des Vaters an eine beseelte, gleichsam vom Himmel entsandte Führerfigur nicht. „Heil Hitler!“ Nein, der Gruß kommt ihr nicht über die Lippen, weder beim Bäcker noch in der Metzgerei. Manche Frauen rümpfen die Nase, antworten auf „Einen schönen guten Morgen!“ oder „Ein schöner Tag heute, nicht?“ mit giftigem Schweigen. Die Frauen kennen die Begeisterung ihres Mannes für das glorreiche und siegessichere Regime und verstehen nicht, dass er seine Frau mit diesem Glücksbazillus nicht hat anstecken können. Nein, mit Mutter kann der Sohn seinen Geheimplan nicht besprechen, ihr Herz würde das nicht aushalten.

Plötzlich reißt die Erde auf und eine furchtbare Nachricht entsteigt der Hölle: Hitler lässt eigene Deutsche töten! Menschen, die unheilbar krank sind, Epileptiker, Schwachsinnige, Schizophrene, Verhaltensgestörte werden zu Hunderten, zu Tausenden aus Spitälern und Anstalten abgeholt und umgebracht. Von siebzig- bis hunderttausend ist die Rede. Das „Gesetz zur Verhütung erbkranken Nachwuchses“ aus dem ersten Jahr der Hitlerregierung öffnet dem Bösen Tür und Tor. Psychisch Kranke, Blinde, Alkoholiker werden sterilisiert, ohne dass sie es merken. Ein perfides Röntgensystem vernichtet Hoden und Eierstöcke.

An einem Nachmittag erscheint Heinrich, der Nachbarsjunge. Er hat eine Rechenaufgabe zu lösen und kommt mit ihr nicht zurecht. Helmut ist gut in Mathematik. Eine Kleinigkeit, denkt er. Als er jedoch den Text liest, erbleicht er.

„Geh damit zu meinem Vater“, empfiehlt er Heinrich und schiebt das Rechenbuch von sich.

Helmuts Vater schüttelt den Kopf. „Was ist nur in dich gefahren?“, schimpft er. „Wirst dem Jungen doch bei seiner Schularbeit helfen können.“

„30 000 Geisteskranke, Epileptiker usw. werden in deutschen Anstalten gepflegt“, heißt die Aufgabe. „Was kostet diesen jährlich insgesamt bei einem Tagessatz von vier Reichsmark? Wie viele Ehestandsdarlehen zu je 1 000 Reichsmark könnten von diesem Geld jährlich ausgegeben werden?“

Helmuts Vater stutzt. „So etwas müsst ihr errechnen?“, fragt er Heinrich.

„Ja, meine Mutter wollte es nicht.“

„Wollte oder konnte?“

„Wollte.“

Helmuts Vater nickt. Dann schreibt er Heinrich die Lösung auf und wirft den Bleistift in die Ecke. „Sag deinem Lehrer, das war eine schwere Aufgabe. Daran ist ein Stift zerbrochen.“

So etwas weiß der Führer nicht, brummt er vor sich hin. Für so etwas gibt er sich nicht her.

In den nächsten Tagen ist Helmuts Vater nicht sehr gesprächig. Etwas geht in ihm vor. Er überfliegt die Überschriften im „Völkischen Beobachter“, doch in den Text vertieft er sich nicht. Er zerschneidet die Seiten zu kleinen Rechtecken und hängt sie aufs Klo. Das hat er bisher nur mit der Kirchenzeitung getan. Helmuts Mutter beobachtet die Veränderung an ihrem Mann mit Sorge. „Etwas hat er“, setzt sie ihren Sohn Helmut ins Bild. „Er stellt auch den ‚Volksempfänger‘ nicht mehr an, um Göbbels Reden zu hören. Er brütet was aus.“

Helmut wird bald ebenfalls Zeuge des Wandels. Der Vater überhäuft ihn nicht mehr mit Vorwürfen. Das Wort „Steineklopfer“ fällt nicht mehr. Manchmal trifft ihn sogar ein scheues Lächeln. Ja, etwas ist anders in Vaters Verhalten. Einmal nennt er Hitler sogar den „einstigen Meldegänger“; das zeugt von wenig Respekt. Helmut macht sich eines Novemberabends auf den Weg zum Schwesternhaus. Es ist früh dunkel und bereits empfindlich kalt. Die Straßenbeleuchtung ist abgeschaltet. Wegen der Fliegergefahr, heißt es. Denn inzwischen werden einige Großstädte des Reiches durch die alliierten Luftstreitkräfte empfindlich bedroht. Ein von der Flak angeschossener Bomber hat sich kürzlich seiner Sprenglast entledigt. Eine Bombe ist in Ortsnähe auf einer Weide niedergegangen, hat ein drei Meter tiefes Loch gerissen und eine Kuh getötet. Der Schaden wird vielen Menschen Ziel des Sonntagsspaziergangs.

Helmut zeigt dem Priesterfreund die Hausaufgabe, die Heinrich aufbekommen hat, und der ist entsetzt. „Ich habe mal etwas vom Euthanasieprogramm gehört“, erinnert er sich, „und auch in Dachau ging unterschwellig das Gerücht über das ‚Gesetz zur Verhütung erbkranken Nachwuchses‘ um. Doch Genaues wusste niemand. Wenn du willst, nenne ich dir die Adresse eines Theologen, der mit Hitler sogar befreundet war, mit dem solltest du mal darüber reden. Aber du musst vorsichtig sein.“

An einem trüben Novembertag fährt Helmut mit dem Fahrrad in die Stadt. Ein Weg: 17 Kilometer. Die Bauern haben die letzten Rüben geerntet und in Dimmen verstaut. Was ihm der Priester möglicherweise aus Unkenntnis verschwiegen hat: Dr. Pieper lebt im Unfrieden mit der Partei und seiner Diözese.

„Die sozialen Nöte, die ich im Ruhrgebiet in den 20er Jahren erlebt habe, ließen mich hoffen, dass Adolf Hitler eine Wende in der Politik herbeiführen könnte. Ich habe die Zeit erlebt, dass in manchen Familien Betten vermietet wurden. Nachtarbeiter schliefen am Tag darin, Tagarbeiter des nachts. Nicht einmal eine eigene Schlafstätte hatten diese armen, unseligen Kreaturen. Ich habe sogar eine Zeit lang das Zimmer mit Hitler geteilt und an der Ausarbeitung des Parteiprogramms mitgewirkt. Doch dann beobachtete ich immer mehr, wie der Geist der neuen Machthaber nicht nur kirchen-, sondern auch menschenfeindlich wurde“, erzählt Dr. Pieper. „Dann suchte mich meine Heimatdiözese Paderborn zur Rückkehr zu bewegen und Hitler sagte: ‚Einen Priester, der gesucht wird, kann ich nicht gebrauchen. Fahr nach Hause.‘ Ich war zeitweise Anstaltsleiter in Häusern, zum Beispiel in Marienthal bei Münster und Warstein im Sauerland, in denen Geisteskranke auf die Abschussliste gesetzt wurden, und ich habe mich leidenschaftlich dagegen gewehrt, einmal bei Hitler und nicht zuletzt in einem Schreiben an die Deutsche Bischofskonferenz. Der Vorsitzende, Fürstbischof Bertram von Breslau, hat an den Reichsminister für kirchliche Angelegenheiten, Kerrl, einen Brief geschrieben, und ich habe mich persönlich wiederholt an Hitler gewandt, aber keine Antwort erhalten. Ich war dabei, als eine Ärztekommission Kranke für die Tötung aussuchte, und ich habe dem Leiter gesagt: ‚Wenn Sie auch nur einen Kranken umbringen, schieße ich Ihnen eine Kugel durch den Bauch. ‘“

Helmut hört lange zu. Es klingt wie eine Lebensbeichte, die Dr. Pieper ablegt, dabei wollte er im Gespräch mit dem Geistlichen ins Reine kommen. Pieper glaubt noch immer an den Führer, aber nicht an seine Parteimechanismen, in denen er Korruption, Vetternwirtschaft und Machtmissbrauch vermutet.

Fast vier Stunden sitzen sie zusammen. Sie nehmen die Zeit nicht wahr, sie unterbrechen sie nur zu einem kleinen Spaziergang durch den spätherbstlichen Tag. Der Nebel steigt aus den Wiesen und nimmt ihnen die Sicht. Jetzt kann man noch weniger sehen, aber die Geräusche der Straße werden gedämpft.

„Also stellt sich bei dir die Frage nicht mehr, Theologie oder – konkrete Nächstenliebe? Beide sind ja eigentlich nicht voneinander zu trennen."

„Ich weiß, Herr Doktor. Ich werde in die SS eintreten und hoffen, dass der Himmel mich führt."

Dr. Pieper nickt. Er ist ernst. Was Helmut erst später erfährt: Der leidenschaftliche Raucher schickt seine Bezugsscheine für Rauchwaren an ehemalige Patienten und begnügt sich mit selbst gepflückten Kräutern vom Wegesrand.

Am 3. August 1941 besteigt der Bischof von Münster die Kanzel der St.-Lamberti-Kirche und hält eine Predigt, die die katholische Welt und darüber hinaus die besonnenen Menschen des Reiches erschüttert. Clemens August Graf von Galen weiß, was er tut. Dass er nun die gesamte Gefolgschaft des Nationalsozialismus gegen sich aufbringt und dass er um sein eigenes Leben fürchten muss.

„Seit einigen Monaten", so sagt er, „hören wir Berichte, dass aus Heil- und Pflegeanstalten für Geisteskranke auf Anordnung von Berlin Pfleglinge, die schon länger krank sind und vielleicht unheilbar erscheinen, zwangsweise abgeführt werden. Regelmäßig erhalten dann die Angehörigen nach kurzer Zeit die Mitteilung, der Kranke sei verstorben, die Leiche sei verbrannt, die Asche könne abgeliefert werden. Allgemein herrscht der an Sicherheit grenzende Verdacht, dass diese zahlreichen unerwarteten Todesfälle von Geisteskranken nicht von selbst eintreten, sondern absichtlich herbeigeführt werden, dass man dabei jener Lehre folgt, die behauptet, man dürfe so genanntes lebensunwertes Leben vernichten, also unschuldige Menschen töten, wenn man meint, ihr Leben sei für Volk und Staat nichts mehr wert. Eine furchtbare Lehre, die die Ermordung Unschuldiger rechtfertigen will, die gewaltsame Tötung der nicht mehr arbeitsfähigen Invaliden, Krüppel, unheilbar Kranken, Altersschwachen grundsätzlich freigibt! ...

Deutsche Männer und Frauen! Noch hat Gesetzeskraft der §211 des Reichsstrafgesetzbuches, der bestimmt: ‚Wer vorsätzlich einen Menschen tötet, wird, wenn er die Tötung mit Überlegung ausgeführt hat, wegen Mordes mit dem Tode bestraft.' Wohl um diejenigen, die jene armen Menschen, Angehörige unserer Familien, vorsätzlich töten, vor dieser gesetzlichen Bestrafung zu bewahren, werden die zur Tötung bestimmten Kranken aus der Heimat abtransportiert in eine entfernte Anstalt. Als Todesursache wird dann irgendeine Krankheit angegeben. Da die Leiche sofort verbrannt wird, können die Angehörigen und auch die Kriminalpolizei hinterher nicht mehr feststellen, ob die Krankheit wirklich vorgelegen hat und welche Todesursache vorlag. Es ist mir aber versichert worden, dass man im Reichsministerium des Innern und auf der Dienststelle des Reichsärzteführers Dr. Conti gar keinen Hehl daraus mache, dass tatsächlich schon eine große Zahl von Geisteskranken in Deutschland vorsätzlich getötet worden ist und in Zukunft getötet werden soll ...So müssen wir damit rechnen, dass die armen, wehrlosen

Kranken über kurz oder lang umgebracht werden. Warum? Nicht, weil sie ein todeswürdiges Verbrechen begangen haben! Nicht etwa, weil sie ihren Wärter oder Pfleger angegriffen haben … Nein, nicht aus solchen Gründen müssen jene unglücklichen Kranken sterben, sondern darum, weil sie nach dem Urteil irgendeines Amtes, nach dem Gutachten irgendeiner Kommission lebensunwert geworden sind … Arme Menschen, kranke Menschen, unproduktive Menschen meinetwegen. Aber haben sie damit das Recht auf das Leben verwirkt? Hast du, habe ich nur so lange das Recht zu leben, solange wir produktiv sind, solange wir von anderen als produktiv anerkannt werden …?“

Die Predigt tut ihre Wirkung. Sie wird in ganz Deutschland bekannt, auch von evangelischen Kanzeln verlesen. Sekretärinnen vervielfältigen sie, Durchschläge werden unter der Hand weitergereicht, in Zügen finden Fahrgäste die Texte auf den Plätzen. Die Menschen erfahren nicht, welche Aufregung in Hitlers Staatskanzlei herrscht. Den Bischof verhaften? Nein, dann bringt man die Katholiken gegen sich auf. Im Krieg, so beschließt der Führer, will er keine Märtyrer schaffen. Die Abrechnung soll nach dem Endsieg erfolgen …

Das Kriegsglück ist nicht unerschöpflich. Von der Front kommen beunruhigende Nachrichten, die die Regierung schönt, als ob es sich nur um eine vorübergehende Umstrukturierung der Streitkräfte handele. Stalingrad heißt ein Wort, das möglichst vermieden wird. Auch die Zahl der Flugzeugangriffe nimmt ständig zu. Mehrmals hat es ein Geschwader sogar bis in die Reichshauptstadt geschafft und verheerende Zerstörungen angerichtet. Der Vater ist kleinlaut. Der Sohn hat ihm erklärt, dass er sich „den Anforderungen der Zeit" stellen und in die SS eintreten werde. „Um Gottes Willen!", hat die Mutter geschrien, doch der Vater ist wortlos aus dem Zimmer gegangen. Noch vor einem Jahr wäre er vor Begeisterung in die Luft gesprungen, sofern ihm der Rheumatismus dazu Gelegenheit gegeben hätte, denn dieser Einschränkungen und Schmerzen wegen ist er als „wehruntüchtig" eingestuft worden, was ihn bis in diese Tage schmerzt.

Zunächst gilt Helmut als Staffel-Bewerber. Er muss zwei Bürgen nennen, was ihm nicht schwerfällt, und fünf Jahre vor Ort polizeilich gemeldet sein. Gesund und kräftig ist er, damit erfüllt er die wichtigsten Voraussetzungen. Jetzt muss er den „kleinen Ariernachweis" beibringen, was bedeutet, dass er beweisen muss, dass seine Eltern und Großeltern keine Juden oder mit ihnen „versippt" sind. Für angehende Führer verlangt man den „großen Ariernachweis", der muss bis zum Jahre 1750 zurückreichen. Staffel-Bewerber Helmut darf bereits SS-Uniform ohne Kragenspiegel tragen. Bereits nach einem knappen Vierteljahr ist der Staffel-Bewerber Staffel-Jungmann, der einen vorläufigen SS-Ausweis besitzen darf.

Die Mutter schreibt: „Lieber Helmut, ich bin voller Sorge um Dich. Wie überstehst du die Ausbildung? Sind deine Kameraden nett zu dir? Was musst du lernen?" Der Brief ist ein Fragedokument. Helmut antwortet wie im Fiebertraum. Die Tage vergehen, kaum sind sie angebrochen, mit Übungen, Übungen und nochmals Übungen. Und mit intensiver Indoktrination. Er lernt mechanisch, ohne nachzudenken. Er leiert die Antworten herunter als seien sie ein Silbenrätsel.

Dann kommt der 20. April – Führers Geburtstag. Nun erhält der Staffel-Anwärter Kragenspiegel und endgültigen SS-Ausweis. Was Helmut jedoch in Unruhe versetzt und Bauchkrämpfe auslöst: Er muss den SS-Treueeid auf Adolf Hitler schwören.

„Ich schwöre dir, Adolf Hitler, als Führer und Kanzler des Deutschen Reiches, Treue und Tapferkeit. Ich gelobe dir und den von dir bestimmten Vorgesetzten Gehorsam bis in den Tod, so wahr mir Gott helfe."

So wahr mir Gott helfe. Helmut zerlegt jedes Wort in Silben, in Buchstaben. Hilft Gott? Hilft er Hitler in diesem Unrechtsstaat? Wie kann er das nur tun?

Zum Nachdenken, zum Hinterfragen bleibt im Augenblick nicht viel Zeit. Jetzt geht es darum, das Reichssportabzeichen zu erwerben und den SS-Katechismus auswendig zu lernen. Das Frage- und Antwortspiel soll bei den Staffel-Anwärtern den Nationalsozialismus verinnerlichen.

„Frage: Warum glauben wir an Deutschland und den Führer?
Frage: Wem müssen wir dienen?
Frage: Warum gehorchst du?"

Es folgt die Pflichtzeit beim Reichsarbeitsdienst und der Wehrmacht. Dann ist Helmut Staffel-Vollanwärter. Mit der Bescheinigung, seinen Wehrdienst ohne Auffälligkeit abgeleistet zu haben, ist er nun vollwertiger SS-Mann. Jetzt wartet schon wieder ein Eid auf ihn, der Sippeneid, der von ihm verlangt, dem Heiratsbefehl des Reichsführers SS zu folgen und „einzig und allein nach rassischen und erbgesundheitlichen Gesichtspunkten" zu heiraten. Von jetzt an trägt Helmut den SS-Ehrendolch.

Wo bleibt die Zeit? Tempus fugit! Sie flieht angesichts der Gräueltaten, die dieses Reich verübt. Angesichts der Millionen Toten, die dieser Krieg verschlingt. Helmut kommt nur selten nach Hause. Wenn er Urlaub hat, wenn Sonderurlaub angesagt ist, der bei außergewöhnlichen guten Leistungen genehmigt wird. Diese „guten Leistungen" können doch nur im Zusammenhang mit der Todesmaschinerie erbracht werden. Hat Helmut getötet? Hat er entgegen seinem Versprechen doch das Gewehr auf jemanden gerichtet – und abgedrückt? Nein, das hat er nicht. Die Einberufung zur Waffen-SS ist ihm gottlob erspart geblieben. Von der wissen Eingeweihte, dass sie den Befehl zur Ausrottung der Juden ernst nimmt. Wie wütet sie in Polen, in der Ukraine! Man muss sich schämen, ein Deutscher zu sein. Die Zahl derer, die sich der „Herrenrasse" zugeordnet fühlen und bei der Ausmerzung „minderwertiger Rassen" keine Skrupel kennen, ist beträchtlich.

„Die gute Leistung", die Helmut erbringt, geschieht während seiner Grundausbildung in der Lüneburger Heide. Tieffliegerangriff! Als Fahrer eines VW-Kübelwagens ist er auf der Fahrt durch die Norddeutsche Tiefebene bei Bergen-Belsen. Im April 1943 hat die SS einen Teil des Lagergeländes von der Wehrmacht übernommen und nutzt ihn als Konzentrationslager. Zuerst werden vorrangig jüdische Häftlinge untergebracht, die gegen im Ausland internierte Deutsche ausgetauscht oder gegen materielle Gegenleistungen freigelassen werden sollen. Der SS-Rottenführer neben Helmut entdeckt die „Hawker Hurricane" als erster. Er schreit Helmut etwas zu, und der lenkt das Fahrzeug geistesgegenwärtig von der Straße über eine Wiese in ein Tannenwäldchen. Die Feuergarbe aus der Bordkanone trifft eine Feldscheune.

„Gut gemacht!“, entscheidet der SS-Obersturmführer im Fond des Wagens. „Werde eine Belobigung aussprechen.“

„Na, lange wirst du nicht SS-Schütze bleiben“, grinst der Nebenmann.

Helmut bekommt während seiner Ausbildung selten Post. Vater liebt den Füller nicht, nur Mutter neigt dazu, sich gelegentlich ihren Kummer von der Seele zu schreiben. Damit möchte sie ihren Sohn jedoch nicht belasten. Zudem weiß Helmut nicht, ob die Briefe vor der Aushändigung kontrolliert werden, ob sie nicht vielleicht regimefeindliche Äußerungen enthalten. Im Heimatdorf passiert auch nicht viel, das berichtenswert wäre.

Doch eines Tages bekommt Helmut einen erschütternden Brief, in dem die Mutter über seine Tante Maria berichtet. Sie ist zu sechs Jahren Zuchthaus wegen „Kriegswirtschaftsverbrechen“ mit Ehrverlust verurteilt worden. Eine Mitarbeiterin muss für zwei Jahre hinter Gitter.

Was ist geschehen? Maria war Verkäuferin im Elternhaus mit Bäckerei, Kolonialwaren, Tankstelle und Gastwirtschaft. In der Nachbarstadt hatte sie von einem jüdischen Händler dessen Kolonialwarengeschäft übernommen und von einer Angestellten führen lassen. Jeden zweiten Montag im Monat fuhr Tante Maria dorthin, um die angefallenen Rechnungen zu begleichen und Bestellungen aufzugeben. Ein Nachbar bezichtigte die beiden Frauen, „Kriegswirtschaftsverbrechen“ begangen zu haben. Zunächst wurde das Kolonialwarengeschäft geschlossen.

„Stell dir vor, Helmut“, schreibt die Mutter, „die staatsanwaltschaftlichen Untersuchungen haben ergeben, dass die Bezugsscheine hinsichtlich der Mengenabgaben manipuliert worden sind, ein grober Verstoß gegen die ‚Kriegswirtschaftsbestimmungen‘. Tante Maria und ihre Verkäuferin haben kleine Mengen Waren ohne Marken an ihre Kunden weitergegeben. Unter ihnen befanden sich auch Juden, was ihnen besonders angelastet wurde. Gefälschte Bezugsscheine gab es zwar auch in anderen Lebensmittelgeschäften. Die Großhändler sind verpflichtet, ihre Waren nur gegen Bezugsscheine an den Einzelhandel auszuliefern. Bedürftige Personen bekommen vom Amt Berechtigungsscheine für einen günstigeren Wareneinkauf. Da Tante Maria und ihre Mitarbeiterin Butterbezugsscheine gefälscht hatten, kamen sie schließlich vor ein Sondergericht, das diese harten Urteile fällte.“

Das Gericht, fährt die Mutter fort, habe zwar die charakterliche Integrität und Güte der Tante und die wohlgemeinte Hilfe für Bedürftige zur Kenntnis genommen, aber bei der Festsetzung des Strafmaßes nicht berücksichtigt.

„Jetzt verrichtet Tante Maria im Zuchthaus Krefeld in einer Seidenspinnerei Zwangsarbeit“, schreibt die Mutter. „Da muss sie mit ätzenden gesundheitsschädigenden Säuren umgehen. Und sie hat schwer unter den Schikanen der Aufsichtspersonen zu leiden.“

Helmut lässt den Brief sinken.

„Hat deine Freundin dir einen Korb gegeben?“, feixt ein Kollege.

„Schlimmer“, brummt Helmut, aber geht nicht näher darauf ein.

Zeitensprung. Westerbork. Helmut wird in die Niederlande versetzt. Dort ist seit Jahren eine gezielte Kampagne gegen die Juden im Gange. Endlösung: Theresienstadt, Auschwitz, Sobibor. Etwa 140 000 „Volljuden“ sollen beim Einmarsch der Wehrmacht 1940 hier gelebt haben. Wie viele haben inzwischen den Gang in die Todeslager angetreten … Die Besatzer hatten zugesichert, die niederländischen Gesetze so weit wie möglich zu respektieren. Was aber niemand voraussah: Juden sind aus deutscher Sicht keine Niederländer, sondern Feinde! Der Reichskommissar macht darauf aufmerksam, dass sie hier genau so verfolgt würden wie im Deutschen Reich. Sie müssen ihr Radio abliefern, dürfen nicht mehr ins Theater und in die Kinos gehen, keine öffentlichen Schwimmbäder aufsuchen, Straßen- und Eisenbahnen nicht benutzen, selbst nicht mehr Fahrrad fahren. Jüdischen Ärzten und Apothekern sowie bald auch Lehrern ist es verboten, für Nicht-Juden tätig zu sein. Das jüdische Vermögen landet auf Sperrkonten.

Noch lassen sich die Niederländer nicht alles gefallen. Sie organisieren sich im Widerstand. Helmut ist froh, dass die Wehrmacht und die Waffen-SS und nicht seine Wachmannschaft in die Konflikte verwickelt sind, denn er erfährt, dass sie das Judenviertel abgesperrt, die jungen Männer zusammengetrieben und mehr als vierhundert über Buchenwald in den berüchtigten Steinbruch des KZ Mauthausen deportiert haben. Nur einer überlebt.

Das Polizeiliche Judendurchgangslager Westerbork in der Provinz Drenthe ist Helmuts Arbeitsplatz. Hierhin haben die Niederländer zunächst aus dem Reich und Österreich geflohene deutsche Juden untergebracht. Nach der Besetzung der Niederlande dient es als Auf- und Durchgangslager für alle Juden des Landes in die Vernichtungsstätten. Helmut, inzwischen Sturmscharführer, hat Bürodienst. Ihm liegen die Namen der für die Transporte bestimmten Männer und Frauen zur Vorkontrolle vor. Er sitzt stundenlang vor den Listen und weiß nicht, was er tun soll. Über das Los von unzähligen Menschen soll er mitentscheiden, ob sie weiterleben oder „zur Erholung nach Osten" geschickt werden sollen. Auch Sinti und Roma sowie Widerstandskämpfer stehen auf der Liste. Hinter manchen Namen notiert er: Verstorben! Wenn die Dokumente nicht noch einmal überprüft werden, bedeutet das, die Genannten werden nicht zum Appell aufgerufen und nicht in die Züge verfrachtet. Schonfrist.

Nachts kann Helmut nicht schlafen. Wie kann er über Leben und Tod von Menschen befinden? Wird Gott ihm das Verbrechen je verzeihen? Er wälzt sich nachts auf seinem Lager und bringt seinen Zimmergenossen auf die Palme. „Gib endlich Ruhe oder geh in die Asservatenkammer, wenn du nicht schlafen kannst", raunzt der Oberscharführer.

„Kannst du denn Leute so unbekümmert in den Tod schicken?", fragt Helmut zurück.

„Das geht mich nichts an, ich folge nur den Befehlen."

„Und wenn die Befehle falsch sind?"

„Darüber hast du nicht zu entscheiden. Es gibt keine falschen Befehle. Du kannst dich immer auf Himmler und seinen Stab berufen."

Das kann Helmut nicht. Er denkt an die Gespräche, die er mit dem Priesterfreund im Schwesternhaus geführt hat und der inzwischen in die Ewigkeit abberufen worden ist. Mit seiner Hilfe hätte er den Druck auf seine Seele vielleicht aushalten können. Da hilft ihm vor Ort auch die Kirche nicht. Zehn verschiedene Kirchen des Landes schicken ein Telegramm zur Abwehr der Judenvertreibung an die deutsche

Besatzungsmacht. Die Vertreibungsverordnung darf nicht durchgeführt werden! Die Reaktion der Behörde: In Amsterdam werden siebenhundert Juden bei Razzien verhaftet!

Die niederländischen Bischöfe schreiben unter dem Titel „Eine Zeit großer Not“ einen Hirtenbrief, der in den niederländischen Kirchen verlesen wird. Erzbischof Johannes de Jong spricht sich von Anfang an zusammen mit vier weiteren Bischöfen klar gegen die Judenverfolgung aus. Die evangelischen Kirchen wollen sich dem Text nicht anschließen. Die Hervormder Synode verfasst jedoch ein Gebet, das zusammen mit dem Hirtenbrief verlesen wird. Darin beklagen die Kirchen ihre tiefe Erschütterung über das Leid der Zehntausenden. Die Verordnung gegen die Juden steht im Gegensatz zum „tiefsten sittlichen Empfinden“ des niederländischen Volkes.

Die Bischöfe wollen ein Zeichen setzen, die Christen aller Konfessionen wachrütteln. Doch die Reaktion der Besatzer ist grausam: Sie verhaften 245 katholisch getaufte Juden sowie Menschen, die eine jüdisch-christliche Ehe führen und überstellen sie in das Judendurchgangslager Westerbork. Unter weiteren Namen, die Helmut auf seiner Liste findet, die er aber unbedingt streichen will, ist eine Teresia Benedicta vom Kreuz, geborene Edith Stein, mit ihrer Schwester Rosa, sowie ein Franziskanerbruder Wolfgang Rosenbaum, der einmal Fritz mit Vornamen geheißen hat.

Beim Abendappell überprüft der stellvertretende Lagerleiter die neu angekommenen Juden. Die Peitsche schwippt an seinen hohen Stiefeln. Mit gesenkten Häuptern stehen die Häftlinge vor ihm, wagen nicht einmal aufzublicken. Ihm ist bei der Einlieferung eine Nonne in Ordenstracht aufgefallen und auch ein Mann in der Kutte der Franziskaner. Dass

Juden Ordenskleidung tragen, ist ungewöhnlich. Jetzt, auf dem Appellplatz, sind die beiden nicht dabei. Der SS-Sturmbannführer lässt die Menschenreihen im Regen stehen und stürmt in das Bürogebäude. Als er ohne anzuklopfen in die Stube tritt, in der Helmut Dienst tut, springen die SS-Leute auf, der Büroleiter schnarrt die Namen der Anwesenden herunter und nimmt Haltung an.

„Wer führt hier heute die Listen für die Transporte?"

„Ich, Herr Sturmbannführer!"

„So? Und warum sind die Nonne und der Klosterbruder nicht beim heutigen Appell?"

„Ich wollte sie ins Krankenrevier schicken. Es besteht Verdacht auf Ruhr." Geistesgegenwärtig fällt Helmut diese Ausrede ein.

„Ach. Danach sehen sie aber nicht aus. Geben Sie mal her!"

Der Sturmbannführer schnappt nach der Liste und überfliegt sie. „Bei Ihnen ist wohl jeder Zehnte krank, was?"

Helmut antwortet nicht. Er spürt, wie seine Beine zu zittern beginnen. Wenn herauskommt, dass er hier krumme Sachen macht, ist sein Schicksal besiegelt.

Eine Schweigeminute, die zum Stress wird. Der stellvertretende Lagerleiter hebt mit dem Peitschenstiel Helmuts Kinn an. Zwei Augenpaare begegnen sich. „Sie haben mir einmal das Leben gerettet, Sturmscharführer, jetzt sind wir quitt." Helmut erstarrt, entsinnt sich: Es ist der frühere SS-Obersturmführer, den er einmal geistesgegenwärtig vor dem Tieffliegerangriff in Sicherheit gebracht hat. Der Vorgesetzte sieht ihn scharf an, schwippt mit der Peitsche, blickt sich um.

„Rühren", schnauzt er. Die noch immer strammstehenden SS-Männer lösen sich aus ihrer starren Haltung. Die

Liste landet auf dem Schreibtisch des Nebenmanns. Die Tür knallt zu.

Jetzt besteht keine Möglichkeit mehr, Menschen von der Transportliste zu streichen. Helmut ist am Ende seiner Kräfte. Die Kollegen sehen ihn an. In manchen Gesichtern brennt die Häme über den Vorfall, in anderen entdeckt er einen Funken Anteilnahme.

„Bist noch einmal glimpflich davongekommen", sagt einer. Helmut antwortet nicht. Davongekommen, nein, davon kann keine Rede sein. Was ist sein armseliges Leben gegenüber den Zigtausenden, die in die Konzentrationslager eingeliefert werden und deren Leben in der Gaskammer endet?

Was hat die beiden Juden dazu gebracht, Christen zu werden? Die Frage treibt Helmut um, während er in der Lagerküche unter den strengen Blicken der Köche die mageren Portionen für die Häftlinge zusammenstellen hilft. Hierher hat er sich gemeldet, um dem Bereich der Selektionen zu entkommen.

„Nicht zu üppig, nicht zu üppig!", belehrt ihn der SS-Oberstabsführer, der die Küchenaufsicht hat. „Zwei Scheiben, und nicht zu dick." Auch bei der Butter- und Aufschnittzuteilung wirft er ein wachsames Auge auf den Sturmscharführer. „Wenn du so weitermachst, bringst du den ganzen Fahrplan durcheinander. Die Juden sind hier nicht in der Sommerfrische."

Abends studiert Helmut eine Karte der Niederlande. Er hat bald herausbekommen, woher der Transport mit der Nonne und dem Klosterbruder stammte: aus dem Lager Amersfoort. Edith Stein war im Karmel von Echt zu Hause. Echt liegt so weit südlich, dass Helmut an einem Tag nicht dort hin- und zurückkommen kann. Er wird über Edith Stein nichts mehr erfahren können.

Anders ist es mit diesem Wolfgang Rosenbaum. Er sah irgendwie innerlich zufrieden aus, ja, merkwürdigerweise fast glücklich. Dabei wusste er doch sicher, was auf ihn zukam. Helmut findet heraus, wo dieser Franziskanerpater zuletzt gewirkt hat: im Kloster Woerden. Gibt es eine Möglichkeit, dorthin zu gelangen, um mehr über das Leben dieses Bruders zu erfahren? Ja, die Strecke kann er an einem Tage hin und zurück schaffen.

Helmut lässt dienstfreie Stunden zusammenkommen und fährt mit einem Urlaubsschein in das zwölf Kilometer westlich von Utrecht gelegene Woerden. Er nimmt sich nicht die Zeit, den Ort zu besichtigen, obgleich der einige Sehenswürdigkeiten aufzuweisen hat, er fragt sogleich nach dem Franziskanerkloster.

„Buiten staat een SS-er!", ruft der erschrockene Bruder, der auf Helmuts Klingelzeichen die Pfortentür öffnet. Helmut trägt sein Anliegen vor, mit dem Guardian des Klosters sprechen zu dürfen.

„Was je een moment", bittet der Türöffner und rennt in den Bauch des Klosters zurück. Es dauert einen Augenblick, bis der Guardian erscheint.

„Bitte, Sie wünschen?" Der Hausobere ist freundlich, doch Helmut merkt, dass er innerlich äußerst angespannt ist.

„Ich bitte um Verzeihung, dass ich hier so unangemeldet eindringe", entschuldigt sich der Besucher. „Ich würde gern etwas über Bruder Rosenbaum erfahren, der einige Jahre hier im Kloster war."

Der Guardian macht eine Geste, näherzutreten und führt Helmut in ein kleines Besuchszimmer.

„Sie haben ihn gekannt?"

„Nein, Herr Guardian, ich bin ihm auf dem Appellplatz begegnet, aber ich konnte leider nichts gegen seine Weiterreise nach Auschwitz unternehmen."

„O Gott, so hat es auch ihn getroffen!"

Helmut hofft, dass sich der Guardian beruhigt. „Etwa sechs Wochen nach seiner Einkleidung wurde Bruder Wolfgang Rosenbaum aus der Provinz Saxonia von Vlodrup nach hier versetzt, weil sein Aufenthalt dort nicht als sicher galt."

Helmut spürt, dass die SS-Uniform ein starkes Trennungsmerkmal ist, und er bittet den Oberen, darüber hinwegzusehen. „Nicht alle, die diese Uniform tragen, identifizieren sich mit der Schutzstaffel und folglich auch nicht mit dem, was sie tun müssen", erklärt er.

„Sie sind sehr offen, das ehrt Sie, kann Ihnen aber auch zum Verhängnis werden."

Helmut nickt. „Ich denke, christliche Brüder verraten einander nicht."

Der Guardian sieht ihn nachdenklich an, dann nickt auch er. „Sie sind also wegen Wolfgang Rosenbaum gekommen", fährt er dann fort, „ich möchte Ihnen berichten, was ich über ihn weiß. Er hat hier in unserer Druckerei gearbeitet und hier auch seine Profess abgelegt. Ich sehe ihn noch, wie er in unserem kleinen Klausurgarten spazieren geht und den Rosenkranz betet. Er war eine eifrige Verehrerin der Gottesmutter und zudem ein Vorbild für die ganze Gemeinschaft. Des Morgens war er stets als erster im Chor. Wer ihn gekannt hat, hält ihn für einen heiligen Ordensmann. Ich kann allerdings nicht verhehlen, dass er sich oftmals sehr einsam und isoliert fühlte. Er war Deutscher, und die Deutschen hatten die Niederlande überfallen. Das mag ihn manch einheimischer Ordensbruder hat spüren lassen. Nach der Annektion wurden zunächst alle Ausländer von unseren Behörden vorübergehend in Schutzhaft genommen. Ein Mitbruder, Beatus Durchleuchter, ebenfalls ein Deutscher, hat berichtet, dass Wolfgang sich mit anderen inhaftierten Juden ungewöhnlich lebhaft unterhalten und ihnen erklärt habe: ‚Der Messias ist schon da, der Messias heißt Jesus Christus. ‘“

Helmut lässt jedes Wort auf sich wirken, und unter seinem Einfluss gewinnt die Person Wolfgang Rosenbaum langsam Kontur.

Es klopft, ein Bruder serviert een Kop Koffie und eine Stroopwaffel. Das sind zwei Waffelhälften, die mit Hilfe von einem karamellähnlichen Sirup zusammenkleben. Helmut dankt für die Gastfreundschaft einem fremden Besatzungssoldaten gegenüber.

„Um den Entschluss Wolfgang Rosenbaums zu verstehen, sich taufen zu lassen und sogar in die Gemeinschaft der Franziskaner aufgenommen zu werden, müssen wir bis in seine Jugend zurückgehen.“

Während Helmut seinen Kaffee trinkt und die Stroopwaffel lobt, bittet der Guardian den Mitbruder, die Personalakte des Konvertiten zu holen. „Sein Geburtsname war Fritz, den Namen Wolfgang erhielt er beim Eintritt in unsere franziskanische Gemeinschaft. Sein Geburtstag war der 27. Mai 1915 in Witten an der Ruhr. Sein Vater, ein strenggläubiger Jude, besaß ein gutgehendes Textilgeschäft. Die Mutter Elli, geborene Marcus, muss eine liebenswerte und kontaktfreudige Frau gewesen sein.“

Die Personalakte ergänzt, was der Guardian berichtet: „Der Junge besuchte die jüdische Volksschule und wechselte dann aufs Realgymnasium. Doch nach vier Jahren offenbarte er den Wunsch, kaufmännischer Lehrling zu werden, und so trat er in ein Filialgeschäft seines Vaters in Dortmund ein.

Die fromme katholische Nachbarsfamilie des Postamtmanns Zurhast bot Fritz eine zweite Heimat. Mit ihr und einem Freund diskutierte er über Glaubensfragen und kam so dem Katholizismus näher. Bei einer Geburtstagsfeier seines Vaters fragte Fritz eher im Scherz zu vorgerückter Stunde: ‚Vater, was würdest du sagen, wenn ich eines Tages katholisch würde?'. Der Vater sei wütend aufgesprungen und habe gedroht: ‚Dann enterbe ich dich! '"

Helmut hört aufmerksam hin, was der Guardian aus den Aufzeichnungen zitiert. Einen solch gewaltigen Schritt von einer zur anderen Religion zu gehen, kommt ihm ungeheuerlich vor. Seine Achtung vor dem jungen Rosenbaum wird noch gesteigert, als er erfährt, dass Fritz ohne Wissen seiner Eltern am 15. September 1933 von Pfarrer Johannes Rechmann in der Kapelle der St.-Josephs-Kirche tatsächlich getauft wird. Am 8. Oktober spendet ihm Weihbischof Augustinus Baumann in Witten das Sakrament der Firmung. Übrigens" – der Guardian deutet auf eine mit Bleistift geschriebene Notiz am Rande des Dokuments – „dieser Weihbischof hat in der Sedisvakanz als Kapitularvikar in einem Brief an den Landeshauptmann in Münster gegen die Euthanasie in Hitler-Deutschland energisch protestiert: ‚Im Namen des fünften Gebots Gottes, das bisher die Grundlage der Strafgesetzgebung aller Kulturstaaten bildete, im Namen der Menschlichkeit, deren fundamentalste Gesetze hier grauenvoll mit Füßen getreten werden, im Namen der unschuldigen Opfer und ihrer Angehörigen, über die ein grenzenloses Leid verhängt wird, erhebe ich Einspruch gegen dieses systematische Massenmorden … '"

Helmut fühlt sich augenblicklich in das leidenschaftliche Gespräch mit Dr. Pieper versetzt, der ebenfalls mit aller Kraft gegen die Tötung angeblich lebensunwerten Lebens eintritt. Und zugleich kämpft er die Tränen nieder in dem Bewusstsein, dass sein Heimatland andere Länder und Völker mit Waffengewalt in die Knie zwingt.

Ein heftiger Regenschauer geht draußen nieder. Eine Dachrinne am Gebäude zum Klostergarten ist undicht. Das Wasser schlägt in Placken auf die Steinplatten und spritzt gegen das Fenster des Besuchszimmers. Einen Augenblick sind beide Gesprächspartner abgelenkt.

„Wir werden Sie mit dem Wagen zum Bahnhof fahren, wenn der Regen anhält", bietet der Guardian an.

Helmut dankt. Er ist benommen von der freundlichen Aufnahme, wo er doch eigentlich als Angehöriger einer Feindesmacht aufgetreten ist.

„Schon sofort nach 1933 begann der Leidensweg der Juden", fährt der Guardian nach der kurzen Unterbrechung fort. „Vater Ludwig Rosenbaum wurde von der SA zusammengeschlagen, weil er eine Pistole besäße. Angeblich nahm er sich 1935 das Leben, doch darüber gibt es keine verbindlichen Aussagen. Jedenfalls verliert sich seine Spur wie die der Mutter Elli, die als tief religiös veranlagte Frau sich ebenfalls taufen und in Köln firmen ließ. Wahrscheinlich kam sie 1941 in Auschwitz ums Leben.

Pfarrer Rechmann, selbst in der Tradition der Franziskaner stehend, lässt seinen Schützling Fritz nicht im Stich. Als er ihm vom hl. Franziskus und seinem Vater, dem Kaufmann Pietro Bernadone, erzählt, ist Fritz hellwach. Franziskus hat dem Vater seinen Erbteil zu Füßen gelegt und auf alles verzichtet. ‚Das werde ich auch so machen!', ruft Fritz. Tatsächlich hat er der Kirche sein beträchtliches Vermögen vermacht.

Er heißt jetzt nicht mehr Rosenbaum sondern bekommt als Decknamen Rensing. Er will Franziskaner werden. Nachdem er die üblichen Formalitäten ausgefüllt hat, bekommt er am 13. September 1938 beim damaligen Provinzial in Werl, P. Meinrad Vonderheide, einen Gesprächstermin. Der rät ihm, nichts zu übereilen."

„Warum? Hat er nicht erkannt, dass ein eifriger, ein begeisterter Kandidat vor ihm saß?", unterbricht Helmut. „Er war doch konvertiert, und sicher hat sein Heimatpfarrer Fritz' Wunsch bestärkt."

„Ich denke, das lag an der allgemeinen Angst, Juden bei sich aufzunehmen. Zudem hatte die Regierung gerade die so genannten Devisenprozesse gegen Klöster angeleiert und angebliche Missbrauchsfälle aufgedeckt. Da war sicher Vorsicht geboten. Wenn der Provinzial geahnt hätte, was sich weiter ereignete, hätte er sicher anders gehandelt."

In der Nacht vom 9. auf den 10. November brennen die Synagogen. Fritz wird zusammengeschlagen. Da nützt auch nicht, dass er angibt, katholisch zu sein. Blutüberströmt flieht er zu Pfarrer Rechmann und von dort in die Eifel. Die Familie Grosediek in Bruningen im Kreis Bitburg gewährt ihm Unterschlupf. Nun muss schnell etwas geschehen. Nach der Prüfungszeit erfolgt die probeweise Aufnahme in den Franziskanerorden. Am 1. März 1939 soll der Kandidat in das Kolleg St. Ludwig in Vlodrop in den Niederlanden aufgenommen werden. Doch im Ausweis steht das „J" für Jude. Der holländische Justizminister persönlich vermittelt die Einreiseerlaubnis. Am 3. Oktober, am Vigiltag des Franziskusfestes, wird Fritz Rosenbaum im Kolleg St. Ludwig unter dem Ordensnamen „Bruder Wolfgang" in den regulierten klösterlichen III. Orden des hl. Franziskus aufgenommen.

Als der Bruder eintritt und fragt, ob er noch einmal eine Tasse Kaffee bringen darf, sagt Helmut nicht „nein". Auf eine

Stroopwaffel verzichtet er. Er fühlt sich wohl in diesen vier Wänden. Im Kloster muss eine gute Atmosphäre herrschen, die wie eine Trennwand zu dem politischen Alltag draußen außerhalb der Mauern wirkt.

„Ja, was hat Bruder Wolfgang in Vlodrop nun gemacht?"

Der Guardian blättert in den Unterlagen. „Ich denke, dass ein großer Druck von ihm abfiel, weil er sich hier in Sicherheit vor den Nazis und der Judenverfolgung fühlte. Es wussten nur wenige Franziskaner von seiner jüdischen Herkunft. Man sagt, er sei äußerst diskussionsfreudig gewesen. Nun, da er ein Textilfachmann war, half er in der Schneiderei. Er überraschte seine Mitbrüder mit seiner genauen Kenntnis der Heiligen Schrift und entwickelte auf dem Schneidersitz ganze Vorträge über bestimmte Themen. Doch manche Mitbrüder beklagten seine nervöse Unruhe. Ging eine Tür auf, schreckte er zusammen. Erst recht, wenn er mit anderen in die Nähe der deutschen Grenze kam. Die Erlebnisse der Pogromnacht saßen ihm wohl noch in den Gliedern. Es gab einige Brüder, die hatten in der deutschen Wehrmacht gedient. Die fragten sich, warum ein so gesunder junger Mann vom Jahrgang 1915 nicht eingezogen worden war. Also, kurz gesagt, Wolfgang Rosenbaum saß in St. Ludwig wie auf dem Sprung. In Wirklichkeit kam er nicht zur Ruhe.

Nach dem Überfall Hitlers auf Polen ging auch das Gerücht, die Niederlande könnten Ziel seiner Expansionspolitik sein. So entschloss sich der Hausobere von St. Ludwig, die Novizen in Sicherheit zu bringen. Auf diese Weise kam Bruder Wolfgang hierher. Sehen Sie, hier steht in der Hauschronik: ‚Am Donnerstag, 16. November, kam ein Bruder Tertiaris von der Provinz Saxonia von Vlodrop, um sich hier eine Zeitlang aufzuhalten, Bruder Wolfgang, Konvertit ex

Judaeis, weil der Aufenthalt in Vlodrop nicht für sicher gehalten wurde.'"

Der Guardian steht auf, tritt ans Fenster. Der Starkregen hat nachgelassen, aber es nieselt noch. Die Luft ist frisch.

Helmut fragt: „Und wann wurde Wolfgang Rosenbaum verhaftet?"

„Ausgangspunkt waren die Hirtenbriefe der niederländischen Bischöfe, die wie die deutschen gegen die Judenverfolgung protestierten. Als Reaktion darauf haben die Nationalsozialisten alle katholisch getauften Juden und alle nichtarischen Ordensleute verhaften lassen. Am 2. August morgens 7 Uhr wurde Bruder Wolfgang durch die Grüne Polizei, also die Ordnungspolizei der Nationalsozialisten, abgeholt. Die Kommunität war in der Kirche. An der Kapellentür blieben die Beamten stehen. Bruder Wolfgang musste mit nach draußen kommen. Er bekam keine Gelegenheit mehr, etwas zu essen. Er wurde im Auto abtransportiert.

Es gab eine Augenzeugin. Frau Franziska Van der Vring, die dem Kloster gegenüber wohnte. Sie sah das Auto der Gestapo vorfahren, lief sofort nach draußen und sah, wie Bruder Wolfgang in der Kutte bereits auf dem Lastwagen saß. Ohnmächtig vor Wut hat sie die Fäuste geballt. Sie kannte die Situation, denn bei ihr hatten des Öfteren Juden Unterschlupf gefunden. Sie winkte dem Bruder noch einmal zu: ‚N'Daag, Broeder!' – Guten Tag, Bruder. Es war der letzte Gruß, den Wolfgang Rosenbaum entgegengenommen hat und den er mit einem Kopfnicken erwiderte."

Die Klosterchronik Woerden: „Sonntag, 2. August1942: Ein trauriger Tag für unsere Kommunität. Morgens um 7 Uhr wurde Bruder Wolfgang Rosenbaum wegen ‚israelischer Abstammung' festgenommen und abgeführt; zuerst nach Den Haag und von da über Amersfoort in das Fremdenlager in Westerbork (Drente). Einige Tage später, freitagmorgens, ist er mit einer Gruppe abtransportiert worden nach Osten. Fast drei Jahre hat dieser Bruder, der zur Deutschen Provinz gehörte, in Woerden eine Zuflucht gefunden. Wegen seiner Frömmigkeit, Brüderlichkeit und Gottesfurcht wurde er von allen geliebt und geachtet."

Helmut sieht auf die Uhr. Es wird Zeit, dass er sich verabschiedet. Der Zug wartet nicht. Ihm fehlen die Worte, mit denen er sich vom Guardian und dem Kloster verabschieden möchte. „Dank je", sagt er nur, „Danke". Der Hausobere nickt und lächelt. Er spürt, dass jetzt jedes weitere Wort überflüssig ist. Und er nimmt das Bewusstsein mit, dass nicht alle SS-Männer so schlecht sind wie ihr Ruf.

In seiner Einheit wird Helmut mit großem Hallo empfangen. „Na, warste im Puff?", „Hast dir ein Meisje angelacht?" Inzwischen sind neue Transporte angekommen. Ihr Ziel: Bergen-Belsen.

Eine Tante von Helmut wohnt in Allach-Untermenzing. Früher, als Schüler, sind er und seine Schwester Helga in den Ferien oft bei Tante Hedwig, der hier verheirateten Schwester ihrer Mutter, und Onkel Hans gewesen, haben mit deren Kindern Charlotte und Siegfried das Deutsche Museum und die barocken Kirchen in München besucht, auch in der Isar gebadet. Umgekehrt kamen Charlotte und Siegfried oft nach Westfalen, ins Münsterland. Sie wunderten sich über die weite flache Landschaft, die keine Grenzen zu haben schien, wo sie doch daheim die Alpen vor Augen hatten. Heute sind gegenseitige Besuche nicht mehr möglich. München liegt im Einflugbereich von Bomberverbänden, die ihre tödliche Last auf die schöne Stadt abwerfen. Onkel Hans ist Major der Wehrmacht, sein Sohn Siegfried ist Offiziersanwärter in Nürnberg, Charlotte arbeitet als Wehrmachthelferin an der Westfront.

Als Tante Hedwig auf das Klingelzeichen öffnet, stutzt sie.

„Bist du das wirklich, Helmut?“

Helmut lacht. „Ja, wer sonst?“

„Fast hätte ich dich nicht erkannt, Junge.“ Tante Hedwig deutet auf die Uniform. „Du kommst mir so fremd vor. Das bist du doch nicht, oder?“, ergänzt sie.

„Das ist eine längere Geschichte.“

Tante Hedwig bittet den Neffen ins Haus. „Trinkst du Kaffee?“

Helmut sagt nicht nein. Als der Kessel summt, hilft er der Tante, die Tassen ins Wohnzimmer zu tragen, dazu ein wenig Gebäck.

„Wie bist du denn zu diesem Sau …“

Sauhaufen will die Tante sagen, doch sie zerbeißt die Silben auf den Lippen. „Das ist doch sicher nicht deine Gesinnung. Ich weiß ja, dass dein Vater ein treuer Nazi ist und deine Mutter schwer darunter leidet, aber dass du dich in diese Uniform hast quetschen lassen …?“

Es dauert eine Weile, bis Helmut ihr seine Entscheidung klarmachen kann. Und er erzählt ihr, dass er jetzt zur SS-Wachmannschaft des Konzentrationslagers Dachau gehört.

„Furchtbar!“, ruft die Tante aus, „es sind scheußliche Dinge im Umlauf!“

„Ich versuche, einige dieser scheußlichen Dinge abzuwehren oder zu lindern“, erklärt Helmut und berichtet, dass er der Küche die Zahl der über Nacht verstorbenen oder getöteten Häftlinge falsch angibt, um die überzähligen Portionen den besonders drangsalierten unterernährten Juden zukommen zu lassen.

„Manchmal werde ich auch zur Aufsicht in den Priesterblock abgestellt. Hier sind inzwischen Geistliche aus allen anderen KZ zusammengefasst. Es gibt drei zusammenliegende Wohnblöcke, Block 26, 28 und 30. Frag mich nicht, wie viele Personen hier untergebracht sind. Aber ich habe ihnen heimlich Hostien und Messwein zugeschustert, damit sie die Messe feiern können."

Tante Hedwig schenkt Kaffee nach und fordert Helmut auf, die Plätzchen zu probieren. „Vorgeschmack auf Weihnachten", sagt sie. „Es wird ein trauriges Fest werden. Vielleicht darf Charlotte heim."

Jetzt kommt Helmut auf das Anliegen seines Besuches zu sprechen. „Ich möchte dich bitten, Tante, einige Lebensmittelpakete von Dachau aus an das KZ zu schicken. Die Leute sind kaum noch bei Kräften. Sie hungern."

„Was – ich? Ich soll mit diesem Inferno zu tun haben?" Die Tante springt auf, man sieht, wie ihre Halsschlagader pocht.

„Du kennst doch sicher ein paar Leute aus der Pfarrei oder Bekannte, die ein paar Sachen übrig haben. Vielleicht kannst du ja auch selbst mal eine halbe Mettwurst oder ein Käsestück beisteuern. Die Pakete gibst du an der Poststelle in Dachau auf. Das ist alles."

„Alles? Und wann habe ich die Gestapo auf dem Hals?"

„Hier sind ein paar Adressen von Gefangenen, an die du die Pakete schicken kannst." Helmut zieht unbeeindruckt einen Zettel aus der Tasche und legt ihn auf den Couchtisch.

„Bist du verrückt, Junge? Das geht doch nicht."

„Es geht. Himmler, der Reichsführer SS, hat in Dachau eine Poststelle einrichten lassen. Es ist alles legal. Er hat Dachau zu einem Arbeitslager umfunktioniert. Die Insassen schuften in Munitionsfabriken. Weil durch die Einberufung aller, die ein Gewehr tragen können, überall Arbeitskräfte fehlen, müssen jetzt die KZ-Insassen unter erbärmlichen Verhältnissen ran. Stell dir vor: 30 000 Mann! Das Lager bekommt sie nicht satt. Deshalb die Paketaktion."

Helmut ist längst gegangen, da sitzt die Tante noch immer wie versteinert am Tisch und denkt über die Sache nach. Sie kann gefährlich sein, so wie fast alles, was dem Regime missfällt. Sie ruft eine vertraute Bekannte nach der anderen an, erzählt, trifft auf Unverständnis, Angst. Doch auch auf Zustimmung. Auf den Lebensmittelkarten gibt es nicht viel. Etwas Fett, ein paar Eier lassen sich sicher abzweigen. Traubenzucker ist wichtig, auch Lecithin. Mit klopfendem Herzen bringt Tante Hedwig schließlich das erste Paket zur Dachauer Post. Das ist gar nicht so einfach. Die Züge fahren unregelmäßig, mancher fällt aus, weil Tiefflieger die Strecke beherrschen. Drei Wochen dauert es, da meldet sich ein unbekannter Mann, ein Pole. Er schreibt einen Brief zwar voller Fehler, aber auch voller Dankbarkeit. Er hat den Inhalt mit seinen Blockgenossen geteilt und große Freude ausgelöst. Tante Hedwig ist gerührt. Hat sie ihrem Neffen gesagt, dass er mal wieder vorbeischauen soll?

Die Frage erübrigt sich. Eines Tages steht Helmut wieder auf der Schwelle. Strahlt. „Es hat geklappt, nicht wahr?"

„Gestern habe ich das zweite Paket abgeschickt", erklärt die Tante und lächelt.

Seither bringt Tante Hedwig monatlich drei bis vier Pakete auf den Weg. Inzwischen sind drei Freundinnen ihrem

Beispiel gefolgt und gemeinsam organisieren sie die Sendungen. Das Fräulein in der Annahmestelle weiß inzwischen Bescheid und lagert die Pakete ein wenig abseits. Denn die Chefin der Post ist eine Parteigenossin und wettert gegen das kriminelle Gesindel, wie sie die KZ-Insassen nennt. Postkunden sollen zudem die Anschriften der fremden, meist polnischen oder tschechischen Häftlinge nicht entziffern, denn das könnte Ärger geben. Das Bekenntnis vieler Parteianhänger zu den Strafmaßnahmen des Dritten Reiches ist ungebrochen.

Die Verkehrssituation verschlimmert sich. Die Züge fahren meist frühmorgens, wenn es noch nicht hell, oder spätabends, wenn es dunkel ist. Dann kommen zwar die Flieger nicht, aber die Post ist geschlossen. Einige Male schwingt sich die Tante aufs Rad, um Dachau nach langer Fahrt zu erreichen. Mit den Paketen auf dem Gepäckträger über holprige Feldwege kommt sie nur langsam ans Ziel. Ihr Wohnzimmer in Allach-Untermenzing wird allmählich zu einem mühsam zusammengebettelten Lebensmittellager. Die Fahrt nach Dachau und zurück verschlingt manchmal einen ganzen Tag. Vor allem, wenn Tante Hedwig vom Fliegeralarm überrascht wird. Nicht nur einmal wirft sie sich in einen Chausseegraben und wartet, bis die Luft nicht mehr bleihaltig ist.

Es schneit schon früh in diesem Jahr. Wenn Helmut durch die Straßen des Lagers geht, den eingezäunten Priesterblock betrachtet, die Gruppe der Juden, die Zeitungen und anderes Papier in einer Grube zertrampeln und immer wieder zertrampeln, wenn er die Schneeflocken um ihre baren

Häupter tanzen sieht, dann überkommt ihn das Jammern. Was machen Menschen mit Menschen? Wie werden die gedemütigt, geschlagen, entehrt, die eine andere politische Meinung haben als die, die eine ganze Nation beherrschen? Immer mehr Menschen kommen nach Dachau, überführt aus Gefängnissen, Zuchthäusern und anderen Lagern, denen die Siegermächte zu nahe kommen. Krankheiten breiten sich aus, weil die Häftlinge dicht an dicht auf den Pritschen liegen, keine Hygiene möglich ist. Fleckfieber, Durchfälle,Tuberkulose. Die Sterberate steigt. Die Zeiten der Lockerung, in denen Himmler den Priestern sogar eine Kapelle einrichten ließ, sind längst vorbei. Im Block 26, Stube 4, durften sie täglich unter Aufsicht eines SS-Mannes eine hl. Messe feiern. Ein kleiner Tisch als Altar, überspannt mit Bettlaken, ein winziger Kelch, eine Monstranz aus Holz, später eine selbstgemachte aus Blech. Ein Sonderstatus weckt Neid, die Mithäftlinge protestieren gegen die Sonderbehandlung, auch die SS ist konstant dagegen. Schließlich werden die Fenster der Kapelle weiß getüncht, damit die Handlungen drinnen sich der Beobachtung entziehen. Dass Pakete eintreffen, die der Vatikan bezahlt, dass polnische Gemeinden ihre Priester mit Lebensmitteln versorgen, macht Ärger. Die Verpflegung ist dürftig genug. Kaffeeersatz, Teeersatz, zwei Scheiben Brot, manchmal angeschimmelt, mit Rosskastanien und Sägemehl durchsetzt, dazu etwas Aufschnitt, Wassersuppen mit Rüben, Kartoffeln, Kartoffelschalen, auch mit Rapsblüten und Gras. Das hält niemand am Leben.

Das war zunächst anders: Die Geistlichen erhielten eine größere Brotration, täglich ein Viertelliter Kakao, ein Viertelliter Messwein, ein Achtelliter Bier. Das musste unter Aufsicht der SS verzehrt werden, möglichst schnell. Schnell sollten auch die Gottesdienste ihr Ende finden. Einmal wöchentlich wurden die Priester gewogen, zweimal pro Woche stand ihnen ein Bad zu.

Die Trennung von den übrigen Häftlingen ist nicht unüberlegt geschehen: Sie haben keine Gelegenheit mehr, ihre seelsorglichen Funktionen auszuüben, sie können nicht mehr trösten, heimlich keine Sakramente mehr spenden, die Toten nicht mehr einsegnen. Zudem treibt die Lageraufsicht einen Keil zwischen die deutschen und österreichischen Priester und ihre polnischen Kollegen. Die werden zusehends schikaniert. Sie werden als arbeitsscheu, als unnütze Esser deklariert, die Invaliden werden nach Hartheim deportiert und dort umgebracht, sind medizinischen Versuchen ausgeliefert. Sie müssen wegen Kleinigkeiten strafexerzieren, und das über Tage trotz Schneeregens.

Einer der Geistlichen hat im Wohnblock 700 Dollar versteckt. Er erhält 25 Schläge und 42 Tage Arrest und stirbt an den Folgen der Misshandlung.

Sollen die Priester doch Schnee schaufeln! Eine ausgehängte Tür ist ein Transportmittel. Sie beladen das Brett mit bloßen Händen, schleppen es einige Meter weit an die nächste Straßenecke, dann wiederholt sich der Vorgang. Helmut betrachtet das Elend, betrachtet die Männer in ihrer dünnen Häftlingskleidung, wie sie sich barhäuptig abmühen.

„Bitte gehorsamst, eintreten zu dürfen." Wie oft verwendet Helmut diesen Satz, wenn er sich im Büro eines Vorgesetzten meldet und ein Anliegen hat.

Manchmal hat er Glück. Dann kann er Schubkarren und Schaufeln ergattern und damit die Arbeit der Häftlinge erleichtern. Oft wird aber auch verwehrt, worum er bittet. „Die Häftlinge sind nicht zur Erholung hier", bekommt er dann zu hören, „sie haben ihre Strafe verdient und werden sie absitzen."

Absitzen? Wie viele sterben vor Hunger, an Unterernährung, an Krankheiten, an den Misshandlungen, an den Schlägen auf dem Prügelbock, beim „Pfahlbinden" oder im „Bunker" …

Manchmal kommt Helmut mit einigen Geistlichen ins Gespräch. Einer will nur bei seinem Vornamen genannt werden, damit er nicht auffällt. Otto heißt er. Er ist Jesuit und ein entschiedener Gegner des Nationalsozialismus. Mit ihm erörtert Helmut so manche brennende Frage: Warum greift Gott nicht ein und macht dem Spuk hier ein Ende? Warum lässt er das Elend zu? Das sind Fragen, um die auch Otto herumredet. Otto hat bald herausgefunden, dass er Helmut trauen kann, dass er „dicht" und kein verdeckter Gestapospion ist.

„Ich will dich nicht drängen, aber den einen oder anderen Situationsbericht aus dem Lager sollte die Öffentlichkeit unbedingt erreichen. Ich weiß, das ist strengstens verboten. Traust du dich …"

„Sie meinen, ob ich einen Brief herausschmuggeln kann?"

Otto nickt. „Du kannst natürlich ablehnen. Es ist ein gefährlicher Weg."

Helmut antwortet nicht gleich. Nicht nur für Häftlinge gilt eine strenge Lagerordnung, auch für Sympathisanten der KZ-Insassen aus den Reihen der Wachmannschaft.

„Ich habe hier einen Mann", vertraut Otto Helmut einmal an, „der steht vor der Priesterweihe. Bischof Graf von Galen hat ihn 1939 zum Diakon geweiht. Seit 1940 sitzt er wegen seiner Kritik am Führer hier ein. Er ist von Tuberkulose gezeichnet, aber er möchte unbedingt die Priesterweihe empfangen. Es gibt hier eine Frau, man nennt sie ‚Mädi‘, die regelmäßig in die ‚Plantage‘ kommt und Blumen, Gemüse und Samen kauft. Sie bringt heimlich die erforderlichen liturgischen Gegenstände mit.“

„Mein Gott, habt ihr denn auch einen Bischof für die Weihe?“

Otto nickt. „Der Bischof von Clermont sitzt hier ein, Gabriel Pigut.“

„Ein Franzose?“

„Ja. Er nimmt die Weihe in Kürze mit Genehmigung durch den Münsteraner Bischof vor. Das muss natürlich in großer Heimlichkeit erfolgen. Die SS darf niemals erfahren, was in der Kapelle geschieht.“

Helmut denkt an den Mut der Frau, dann antwortet er spontan: „Ich helfe mit. Ich sehe zu, dass ich die Wache habe, wenn diese Mädi hier eintrifft. Dann kann die Übergabe der Dinge leichter erfolgen.“

„Damit befreist du mich von einer großen Sorge“, seufzt Otto.

Die Oberin der Kongregation der Armen Schulschwestern von Unserer Lieben Frau in München lässt die Kandidatin Josefa zu sich rufen.

Entgegen sonstiger Gewohnheiten, in denen die Aspirantinnen vor dem Schreibtisch der Oberin stehend die kurzen Befehle in Empfang nehmen, wird ihr jetzt ein Stuhl angeboten. Das Lächeln der Ordensfrau strahlt Sicherheit und Wohlwollen aus, und doch denkt Josefa, dass hier etwas nicht stimmt. Dieses gewinnende Lächeln möchte etwas von ihr, das über die Verfügungsgewalt des Klosters hinausgeht. Die Oberin kommt auch gleich auf ihr Anliegen zu sprechen.

„Mädi“, sagt sie, „du kennst die Horrorgeschichten, die über das Konzentrationslager in Dachau im Umlauf sind. Ich zweifle nicht an den schrecklichen Berichten, die in die Öffentlichkeit dringen. Die Menschen leiden entsetzlich. Das KZ ist mit einer großen Gärtnerei verbunden. Dort kann man Blumen, Gewürze und Samen einkaufen, die von den Häftlingen gezogen werden. Traust du dich, zur Verkaufsstelle zu fahren, um entsprechend einzukaufen?“

Mädi spürt, wie sich ihr Herz verkrampft. Sie ringt nach Luft.

„Es ist ein freiwilliger Dienst, Josefa. Doch auch ein Akt der Nächstenliebe. Denn vielleicht ergeben sich Kontakte, wie wir diesen armseligen Arbeitssklaven helfen können.“

Ihre Entscheidung fällt nach einer halben Minute. „Ja, Frau Oberin, ich werde fahren.“

Im Volksmund heißt die Gärtnerei „Die Plantage“. Sie ist eine Versuchsanstalt zur Nutzung pflanzlicher Wirkstoffe und des organisch-dynamischen Landbaus. Das Gelände dient zur Versorgung der Ostfront mit Vitamin C und Pflanzenwirkstoffen. Die KZ-Häftlinge haben vor einigen Jahren das Moor östlich der Alten Römerstraße und des Flusses Würm, der bei Dachau in die Amper fließt, trockengelegt und die große Kräuteranlage einschließlich der Wirtschafts- und Verwaltungsgebäude errichtet. Die Flurnamen erhielten zynisch die Bezeichnungen „Freiland I“ und „Freiland II“.

Mädi und zwei weitere Frauen machen sich klopfenden Herzens auf den Weg zum ersten Konzentrationslager des „Dritten Reiches“, das gleichsam als Musteranlage für weitere Gründungen im In- und Ausland gilt. Bei der Einrichtung der „Plantage“ hat man an nichts gespart. Mit dem Wirtschaftsgebäude, dem Wachturm, den Wohnungen, Werkstätten, Lehrräumen, der Bibliothek, den Laboren, der Dörrscheune und dem Gerätehaus, dazu den Gewächshäusern, der Gewürzmühle, dem Bienenhaus, der Kompostieranlage, dem Ziergarten, sowie Heiz-, Trafo- und Pumpenhaus ist die Gesamtanlage ein hochmoderner, industrieller Gartenbaubetrieb.

Bis zu 1.600 Häftlinge sind hier beschäftigt. Die Arbeitsbedingungen sind mörderisch, denn das Gelände, ein nasser schwerer Moorboden, ist für den Anbau von Kräutern denkbar ungeeignet. Bei Regen versinken die Zwangsarbeiter im Schlamm, im Sommer sind sie der prallen Sonne ausgesetzt und ringen dem Boden seine karge Frucht ab. Abends taumeln sie von ihren Außeneinsätzen in die Lager zurück, hintan die Schubkarren mit den Toten und Sterbenden. Juden, Sinti und Roma bilden zunächst das Kartell der Beschäftigten im „Kräutergarten“, dann lässt Reichsführer SS Himmler vor allem Priester den schweren Dienst verrichten.

Josefa und Kathi sowie ein Lehrmädchen lassen sich ihre Angst nicht anmerken, als sie von München kommend am Dachauer Bahnhof aussteigen. Eine halbe Stunde Fußweg ist es zum KZ, doch von den vielen Baracken bekommen sie kaum welche zu sehen; das Lager ist riesig. An der SS-Kaserne steht ein großer Bruckwagen, mit dem die bestellten Gemüse- und Blumenpflanzen zum Bahnhof transportiert werden sollen. Im Verkaufsbüro, an ein Gewächshaus angebaut, arbeitet ein Priester-Häftling, der nach einer Weile des Misstrauens, weil er die ungewohnten Gäste für Spitzel hält, Vertrauen fasst.

„Kennen Sie ….“

Der Besuch fragt nach einem Häftling im Priesterblock.

„Sprechen Sie leise. Vor der Tür steht ein Posten, der die Arbeitsabläufe überwacht. Ich darf nur geschäftliche Gespräche führen."

Ja, der Geistliche ist bekannt. Nun wechseln Grüße.

Helmut weiß, was sich jenseits der Tür ereignet. Längst müsste er als Wachmann eingreifen, und die private Unterhaltung unterbrechen. Aber er schweigt. Er nimmt zur Kenntnis, dass Briefe ins Lager und heraus geschmuggelt werden sollen und bietet sich an, Zwischenträger zu sein. Welchen Mut diese drei Frauen haben! Sie setzen sich der ärgsten Verfolgung aus und könnten selbst im KZ landen, wenn herauskommt, was sie tun. Helmut erfährt, wann sie demnächst wiederkommen, und er wird zusehen, dass er dann wieder Wachdienst vor dem Verkaufsbüro der Gärtnerei hat.

Die Oberin und die Schwestern haben inzwischen den Himmel um den Schutz der Frauen und das Gelingen ihrer Mission angefleht. Welche Erleichterung, als sie erfahren, dass es keine Schwierigkeiten gegeben hat und zwischen dem Gemüse und den Blumen auch Briefe versteckt sind; in einem wird um dringende Hilfe für die polnischen Priester ersucht.

Die Lebensmittelpakete, die das Kloster verlassen, werden immer zahlreicher und größer. Jetzt wird es brenzlig, sie heil und unbemerkt auf das Lagerterrain zu bekommen. Auf dem Gelände wohnt Familie Beer. Sie erweist den Häftlingen unbemerkt viele Wohltaten, wird aber dennoch von der SS mit Argusaugen beobachtet. Mädi freundet sich mit der ältesten Tochter der Familie an, und so hecken sie Wege aus, wo sie die Lieferungen unbemerkt deponieren können.

An der Hintertür des Hauses erscheinen einige Häftlinge mit Waschkörben und nehmen die Ware in Empfang. Obenauf packen sie Wäsche. Auf der Rückfahrt nimmt Mädi eine Fülle von Blumen, vorwiegend Gladiolen, mit ins Kloster. Sie sind ein Geschenk der Häftlinge. Umgekehrt wandern bald heimlich 700 Hostien pro Woche für die polnischen Priester ins Konzentrationslager.

Doch dieser Verteilerplan erweist sich bald als zu gefährlich, denn die SS führt bei Familie Beer Hausdurchsuchungen durch. In der Folgezeit fährt Mädi mit dem Rad, vollbeladen mit Paketen, jetzt von Freising zur Post in Dachau, um ihre Fracht dort aufzugeben.

Zwei Briefe sind in Mädis Gepäck, als sie von einem Blumen- und Pflanzenkauf nach Hause zurückkehrt. Der eine ist an den Erzbischof von München-Freising, Kardinal Michael Faulhaber, gerichtet und enthält die Bitte um die Priesterweihe des Diakons Karl Leisner. Den anderen soll Jesuitenpater Zawacki erhalten, der die Bitte um die Priesterweihe des Kandidaten beim Kardinal unterstützen soll. Auf Mädis Kauf- und Hamsterfahrten sind die wichtigsten liturgischen Geräte in den Priesterblock geschmuggelt worden; jetzt gibt der Kardinal das heilige Öl und noch andere sakrale Gegenstände dazu. Mithäftlinge haben Bischof Gabriel Piquet den Hirtenstab geschnitzt.

Der 17. Dezember 1944 ist ein Festtag für Karl Leisner. Den Glanz dieser Stunden müsste man eigentlich im Lager spüren, doch der Tag ist grau, bedroht von den immer näher rückenden Alliierten und den feindlichen Fliegern, die ihre Ziele unbehelligt zu jeder Zeit ansteuern. Am Zweiten Weihnachtstag schaut Helmut wie zufällig in die Kapelle, doch sein Herz ist angespannt. Er weiß: Der Neupriester feiert seine Primiz. Der 30-Jährige ist wie erdabgewandt ganz in die liturgische Handlung vertieft, doch der Wachmann Helmut sieht, dass er kränkelt, er ist bleich, doch seine Augen leuchten. Noch ahnt niemand, dass dies die einzige Messfeier des Neupriesters ist, und dass es außer ihm auch keine weitere Priesterweihe im KZ geben wird.

Sonderurlaub. Eine Woche darf Helmut nach Hause. Der Winter ist vorbei, doch die weichende Kälte klammert sich an alles, was sie erreichen kann. Die Krähen kreischen über zerstörtem Land.
Er hat eine Abendverbindung nach Westfalen gewählt, denn tagsüber lauern die Tiefflieger. Er muss mehrmals umsteigen. Nördlingen, Würzburg, Kassel, Paderborn. Schließlich Münster. Er sieht die zerbombten Städte, die notdürftig geflickten Bahngleise. Die Nacht in den Zügen, deren Abteile nur mit einem bläulichen Licht erleuchtet und schlecht geheizt sind, vergeht zwischen Dösen und Wachsein. Am Ende erwischt Helmut einen Wagen „für Reisende mit Traglasten".

Der Zug ist nur halb besetzt. Die wenigen Soldaten sind übermüdet. Ein Wunder, dass sie jetzt überhaupt einen Urlaubsschein bekommen haben. Einer trägt eine Augenbinde, einem anderen ist der linke Arm weggeschossen. Niemand sucht das Gespräch. Alle sind mit sich selbst beschäftigt. Bei den Zivilisten im besten Alter muss man vorsichtig sein. Wenn sie nicht „an der Front" sind, können sie Mitglieder der Geheimen Staatspolizei oder hohe Parteibonzen in Zivil sein, da ist es besser zu schweigen. „Feind hört mit!" Die Warnung an den Fernsprecherhäuschen gilt auch auf Schritt und Tritt.

Der Halbschlaf ist eine gute Gelegenheit, Bilanz zu ziehen. Im Rädergesang des Wagens stehen Bilder auf, die beschämen, andere, die auch froh machen. Helmut denkt an viele kleine gute Zeichen, die er den Häftlingen hat erweisen können. Sechs Schnitten Brot abgezweigt, vier Äpfel aus der Speisekammer konfisziert, drei Teelöffel Zucker in einem Papierschnippsel zugesteckt, eine Zitrone ergattert, zwei Zwiebeln vom Vorratslager mitgehen lassen. Und das immer wieder unter den Argusaugen der Befehlshaber, der höheren Chargen.

Helmut hatte sich mehr vorgenommen. Er wollte Menschen aus der gnadenlosen Mühle des Untergangs retten; ein verwegener und trostloser Gedanke. Die Strukturen des Bösen sind so verflochten, so aufeinander abgestimmt wie das feingliedrige Räderwerk einer Uhr. Es gibt gute Konstrukteure, die das KZ-Vernichtungssystem wie ein Planspiel organisieren.

Der Zug rattert am Eggegebirge entlang. In einer Viertelstunde wird Helmut in Paderborn hoffentlich den nächsten Anschluss nach Münster erreichen. Es ist gegen vier Uhr morgens, als er schließlich am Ziel seiner Reise ist. Der Vater hat es sich nicht nehmen lassen, ihn abzuholen. „Woher wusstest du, dass ich mit diesem Zug ankomme?“

„Ich habe es nicht gewusst, sondern die letzten drei Züge abgewartet. In einem musstest du doch sein.“

„Dann bist du ja seit Mitternacht auf den Beinen?“

„Ja und? Ich habe doch Zeit.“

Ein Kohlenfahrzeug nimmt sie mit in ihr Heimatdorf. Mutter sieht schlecht aus. Aber man sieht ihr die Freude an, als sie ihren Sohn nach langer Zeit in die Arme schließt. Helmut erkennt erfreut, wie gut die Eltern aufeinander abgestimmt sind. Das war nicht immer so.

„Habt ihr viele Angriffe erlebt?"
„Was ist mit Helga?"
„Waren die Kartoffeln in diesem Herbst gut?"

Helmut brennen viele Fragen auf den Lippen, die die Eltern geduldig beantworten. Sie selbst haben unter den allgemeinen Einschränkungen seit Kriegsbeginn nicht sonderlich gelitten, denn einiges von dem, was sie auf den Lebensmittelkarten nicht bekommen, liefert der Gemüsegarten hinter dem Haus, und was die begrenzte Nutzung der „Reichskleiderkarte" übertrifft, so vertrauen sie auf die Hausschneiderin, die näht und wendet, ergänzt und flickt. Manchmal haben die Eltern nach den Bombardements den rot erleuchteten Himmel über Münster gesehen und für die betroffenen Menschen ein Stoßgebet zum Himmel geschickt.

„Es sind inzwischen sicher um die hundert Angriffe", seufzt der Vater.

Helga ist im letzten Jahr zweimal nach Hause gekommen.

„Du könntest mit ihr nicht diskutieren", sagt die Mutter zu Helmut und schüttelt den Kopf. „Sie ist von dem Virus des Nationalsozialismus so angesteckt, dass sie noch immer an den Führer und an den Endsieg glaubt."

„Nicht so laut", warnt der Vater. „Man weiß nie ..."

Einmal fährt Helmut mit dem Rad nach Münster. Er radelt durch eine Ruinenstadt. Was ist aus dem schönen Prinzipalmarkt geworden! Im Aegidiiviertel sind ganze Straßenzüge dem Erdboden gleichgemacht. Der Bahnhof ist nicht wiederzuerkennen.

Helmut wundert sich über den Wandel in der politischen Einstellung seines Vaters. Er hätte seinen einzigen Sohn gern als Mann im Offiziersrang, als Helden des neuen Reiches gesehen, doch dann kam die Euthanasie und mit ihr

Zweifel an den guten Absichten dieses Staates. Wegen seines Rheumatismus, unter dem er schon seit den 20er Jahren zu leiden hat, war er „wehruntüchtig“ und das hat ihn getroffen. Jetzt ist er froh, dass es so gekommen ist, auch wenn die Schmerzen geblieben sind.

Helmut beobachtet ein kleines Mädchen im Vorgarten eines Nachbarhauses. Der Frühling naht, die ersten scheuen Krokusse erobern den Rasen. Die Forsythienknospen sprenkeln gelbe Tupfer in die Zweige. Das Kind hat Spaß daran, aus seinem prall gefüllten Ballon die Luft entweichen zu lassen. Mit einem langen Brrrr-Laut schrumpft er zusammen, bis er nur noch ein kleines runzeliges Knäuel ist. Das Mädchen lacht, es beginnt den Ballon von neuem aufzublasen, doch es schafft es nicht ganz. Nun drückt es Daumen und Zeigefinger auf die Öffnung und setzt zu einem neuen Versuch an.

„He, schaffst du es nicht?“

„Es ist zu schwer. Mir ist die Puste ausgegangen.“

„So? Wie heißt du denn?“

„Margot.“

„Und wenn ich dir nun helfe?“

„Das wäre schön.“

Helmut nimmt den Luftballon, putzt die Öffnung mit dem Taschentuch sorgfältig ab und pustet. Jetzt ist der Ballon fest und rund.

„Nicht weiter, sonst platzt er.“

„Ich passe schon auf, Margot.“

Das Mädchen jauchzt. Jetzt wirft es den Ballon steil in die Luft, der schießt im Zickzack hin und her, bis die Luft raus ist und er mit klagendem Laut auf den Boden fällt.

„Noch einmal?“

„Ja, aber nur noch einmal. Ich muss weiter, Margot.“

Helmut wiederholt die Prozedur, und das Mädchen springt dem davonsausenden Luftballon nach.

Das, so überlegt Helmut, könnte die derzeitige Lage des Großdeutschen Reiches sein. Es hat sich in allen Richtungen ausgedehnt, fast bis zum Platzen, hat Völker unterjocht, Millionen versklavt oder in den Tod getrieben, jetzt geht es ihm sprichwörtlich an den Kragen: Die Westmächte sind vor Wochen in der Normandie gelandet, die Amerikaner in Italien, im Osten treten die Sowjets zum Großangriff an. Die vordersten Linien, die Fronten, werden zurückgenommen, um eine bessere „Strategie im Stellungskrieg“ zu haben, wie es offiziell heißt. Dennoch: Wer am „Endsieg“ zweifelt, landet wegen Wehrkraftzersetzung vor Gericht, im Zuchthaus, im KZ.

Das ist die neue Strategie: Die SS will ihre Konzentrationslager und ihre Häftlinge nicht in die Hände der Feinde fallen lassen. Die noch lebenden Zeugen der Todesmaschinerie, der Millionen Menschen, vor allem Juden, zum Opfer gefallen sind, sollen die Orte des Grauens verlassen, in andere Lager gepfercht oder erschossen werden.

Margot müht sich noch immer mit dem Luftballon ab. Aber dann erlahmt ihr Interesse am Aufblasen und Fliegenlassen und sie verschwindet im Haus.

„Wir könnten zusammen Tante Veronika in Wiedenbrück besuchen“, schlägt die Mutter vor. „Wir fahren von Münster mit dem ‚Pängel-Anton‘. Der ‚Pängel-Anton‘ ist eine Kleinbahn, die über Telgte – Warendorf – Rheda in die Kreisstadt und von dort nach Lippstadt fährt. Tante Veronika ist Ordensschwester, sogar Oberin mit dem Klosternamen Marciosa, und sie steht dem Konvent der Schwestern der Christlichen Liebe in der ‚Burg' in Wiedenbrück, einem Alterssitz der Genossenschaft mit über hundert Schwestern, vor. Obgleich hier keine Bomben fallen, haben die Schwestern doch große Sorgen. Schließlich müssen sie viele Ordensangehörige und darüber hinaus auch manche Evakuierte aus dem Ruhrgebiet satt bekommen."

„Deine Uniform gefällt mir gar nicht", sagt die Tante, und betrachtet den Neffen aus kritischer Distanz. „Hättest nach Rom gehen und Priester werden sollen." Das mit der Uniform kenne ich doch, denkt Helmut und erinnert sich an den Empfang bei Tante Hedwig in Allach-Untermenzing. „In der Soutane könnte ich vielleicht weniger helfen als jetzt."

Oberin Marciosa ist eine resolute Frau, fast das Gegenteil von ihrer eher ängstlichen Schwester. „So? Dann erzähl mir mal – natürlich vertraulich."

Helmut berichtet von seinen Einsätzen, von den kleinen Erfolgen.

„So etwas spricht sich bis hierher nicht herum", meint die Tante, obgleich sie von den grausamen Konzentrationslagern und der Judenverfolgung manches erfahren hat. „Ich bewundere den Bischof von Münster wegen seiner Haltung in der Euthanasie. Aber ich vermisse ein ebenso tapferes Wort gegen die Ausrottung der Juden."

„So etwas darfst du nicht einmal denken, Tante Veronika, obgleich ich mit dir einer Meinung bin. Die Gestapo verfolgt jeden, der nicht konform mit der Regierung ist."

Als Helmuts Mutter den Wunsch äußert, die Hauskapelle aufzusuchen, nimmt die Tante ihren Neffen beiseite. „Weißt du, dass wir hier einen polnischen Kardinal beherbergen?"

„Einen Kardinal?"

„Ich darf nicht darüber sprechen, aber ich will dir nur anvertrauen, dass es der Kardinal Primas von Polen, August Hlond, aus der Erzdiözese Posen Gnesen ist. Er kam mit seiner Begleitung im August 1944 hierher und wurde hier interniert. Er darf sich im Haus und Park bewegen, aber sonst keine Aktivitäten entfalten, also keine Briefe schreiben oder Besuch empfangen."

„Mein Gott, wie kommt ihr denn zu dieser Ehre?"

„Ob es eine Ehre ist, weiß ich nicht. Die Schwestern waren zunächst sehr verunsichert. Sie freuen sich zwar, dass sie jetzt zusätzliche Gottesdienste besuchen können, aber ihre reservierte Haltung zuvor war verständlich. Wir waren ja über die Hintergründe des Aufenthaltes nicht informiert. Der Primas hatte sich bis zum Einmarsch der Wehrmacht in Frankreich aufgehalten, eine Zeitlang auch in Lourdes, war dann auf Umwegen nach Metz gekommen und von dort, nach Zunahme der Luftangriffe, zu uns gebracht worden. Ja, stell dir vor, Erzbischof Jaeger von Paderborn ist kürzlich als Bauer getarnt auf einem Ackerwagen in der ‚Burg' erschienen und hat den Kardinal zur Flucht in Zivilkleidung gedrängt, weil Hitler befohlen habe, ihn vor dem Einmarsch der Alliierten zu liquidieren."

Bevor Helmut auf den Bericht der Tante reagieren kann, sieht er die Mutter aus der Kapelle zurückkommen. Es ist nicht ratsam, das Gespräch weiterzuführen, denn die Mutter leidet an Neurasthenie und würde solche Berichte nicht ohne Aufregung verkraften.

Oberin Marciosa lässt im Besuchszimmer echten Bohnenkaffee und einen Platenkuchen servieren. Dann werden familiäre Ereignisse ausgetauscht.

Auf den Kardinal kommt die Tante nicht mehr zu sprechen und Helmut will auch nicht fragen. Aber er geht ihm nicht aus dem Kopf.

Nach einer Stunde wird es Zeit, zum Bahnhof zu gehen.

Die wenigen erhellenden Tage des Sonderurlaubs weichen wieder dem zermürbenden Dienst in der Wachmannschaft. Es ist von „Evakuierungsmärschen" die Rede. Die Alliierten rücken von allen Seiten auf Deutschland zu. Reichsführer SS Heinrich Himmler gibt den Befehl, die Gefangenen der Arbeits- und Todeslager an andere Orte zu verlegen, damit kein Häftling in ihre Hände fallen und als Zeuge für die Gräueltaten auftreten kann. Es ist absehbar, dass durch die Gewaltmärsche und Strapazen viele geschwächte Menschen umkommen werden. Flossenbürg und Dachau sind die Knotenpunkte für die Verlagerung. Die Häftlinge aus Buchenwald und Sachsenhausen werden zunächst nach Flossenbürg und von dort nach Dachau gekarrt. Wie soll das KZ Dachau diesen Ansturm von Neuzugängen verkraften? Auch aus den Dachauer Außenlagern marschieren die Gefangenen zu Fuß Richtung Sammellager. Aus dem schwäbischen Türkheim machen sich etwa 1.200 hungernde und entkräftete Menschen auf in den siebzig Kilometer entfernten Münchener Vorort Pasing. Aus dem KZ Hesseltal, Gemeinde Schwäbisch-Hall, sind Jammergestalten auf dem Weg ins Außenlager Allach des KZ Dachau. Es ist bereits von über 150 Toten die Rede.

„Es darf keine Überlebenden der Räumungsaktion geben", heißt der Befehl für die Wachmannschaften, die die Evakuierungsmärsche begleiten. „Wer unterwegs schlapp macht, wird gnadenlos erschossen."

Helmut wird ans Ende einer Marschkolonne befohlen. Man drückt ihm ein Schnellfeuergewehr in die Hand. „Gnadenlos" – das Wort brennt in seiner Seele. Jetzt, dem Kriegsende so nahe, soll er noch zum Mörder werden? Soldaten aus einer Strafbataillon begleiten den Zug. Wie viele Häftlinge es genau sind, weiß niemand. Hauptsache, das Gros der Kolonne erreicht sein Ziel. Helmut weiß, dass er die Waffe nicht gegen Menschen einsetzen wird. Er weiß auch, wie er vorgehen will.

„Lassen Sie mich die Drecksarbeit tun", bietet er dem Leiter des Zuges an. „Ich werde mit denen schon fertig."

„Willst dir am Ende noch eine Beförderung kassieren, was? Hast dich als Schütze bisher nicht sonderlich hervorgetan."

Helmut hört kaum auf das Stakkato der klopfenden Holzschuhe auf dem Pflaster und später auf dem nicht geteerten Waldweg, der die Geräusche der Häftlinge dämpft. Der Zug fällt bald auseinander. Die Kräftigen halten sich an das vorgegebene Marschtempo. Die anderen fallen zurück, werden langsamer. Die Peitschen richten nicht viel aus. Diese Menschen sind am Ende ihrer Kräfte, werden von den anderen noch ein Stück mitgeschleift und dann losgelassen. Helmut sieht ihre bittenden Augen, hört ihre Klagen, die er nicht versteht, weil sie Ausländer, Polen und Tschechen, sind. Er fasst einen Häftling am Revers, zieht ihn in ein Waldstück. Er sieht die Gottergebenheit in seinem Blick. Gleich wird er den Gnadenschuss erhalten. Helmut gibt einen Feuerstoß ab, aber statt auf den Gefangenen schießt er in den trüben Himmel.

„Los, weg!", ruft er nur.

Dann kehrt er umgehend zu der Kolonne zurück.

Der SS-Untersturmführer sieht sich nach ihm um, lacht. Er zeigt er mit dem Daumen nach oben.

Noch ein zweites Mal wird er an diesem Tag Daumen und Zeigefinger heben. Helmut hat den zweiten Schwächling „liquidiert". „Dem hämmert er ein, sich bis in die Nacht im Chausseegraben zu verstecken und dann das Weite zu suchen. Wohin? Jetzt, im Trubel des Untergangs, muss jeder seinen Weg finden.

Nachts werden die Häftlinge in Scheunen oder Kirchenräume gesperrt. Zu essen bekommen sie nichts. In einigen Gemeinden finden sie Frauen, die Brotlaibe in die Fenster werfen. Manchmal auch eine Wurst von der geheimen Hausschlachtung oder ein Stück selbstgemachten Ziegenkäse. Es entsteht ein Überlebenskampf, entweder du oder ich.

Einmal, der Häftlingszug hat sich inzwischen über einen Kilometer auseinanderdividiert, bietet ein zusammengebrochener und zum Erschießungstod bestimmter Mann Helmut eine Zigarette an.

„Rauch mit mir."

„Ich bin Nichtraucher."

„Rauch mit mir."

Der Delinquent bricht die Zigarette in zwei Hälften und reicht eine dem vermeintlichen Todesschützen. Helmut zündet sie mit seinem Stabsfeuerzeug an. Er muss kräftig husten, denn er ist den Rauch nicht gewohnt. Doch er raucht die Zigarette zu Ende. Dann kniet der Häftling nieder und senkt den Kopf.

„Schieß!"

Helmut richtet ihn auf. „Ich werde nicht schießen. Geh, lauf, versteck dich irgendwo, bis du ausgeruhter bist. Und dann such den Weg nach Hause."

Der Mann hat noch die Kraft, Helmuts Hand an die Lippen zu führen, dann lässt er sich in den Graben gleiten. Der Schuss ins Leere zerreißt die Stille und lässt eine Handvoll Stare auffliegen.

Das Begleitkommando soll am dritten Tag des Todesmarsches abgelöst werden. Aber Helmut will nicht. Zwar hat er sich schon einige Blasen gelaufen, doch er weiß auch, wenn ich jetzt schlappmache, wird ein anderer echte Todesschüsse auf die erschöpften Häftlinge abgeben.

„Das ist ein Fanatiker", setzt der SS-Untersturmführer seinen Nachfolger ins Bild. „Der reißt sich geradezu darum, ihnen den Garaus zu machen."

Zwei Tage darauf ist die Begleitmannschaft plötzlich verschwunden. Aus der Ferne hört man das Rollen von Panzern. Die Amerikaner! Helmut jubelt innerlich. Aber das heißt auch, er muss sich ebenfalls aus dem Staub machen, um nicht in ihre Hände zu fallen. Die Siegermächte fassen SS-Angehörige nicht mit Glaceehandschuhen an.

Wenige Tage später steht Helmut vor dem Haus von Tante Hedwig. Wie vor Jahren begrüßt sie ihn mit: „Fast hätte ich dich nicht erkannt, Junge." Die Tante ist schmal geworden, ihr Haar grau. Onkel Hans, ihr Mann, ist an der Ostfront gefallen. Von ihren Kindern Siegfried und Charlotte hat sie seit Monaten nichts gehört. Helmut steht vor ihr in einer viel zu kurzen Hose und in einem Jackett, dessen Ärmel er umkrempeln muss, weil sie ihm zu lang sind. „Die habe ich von einem Bauern", erklärt Helmut. „Die Uniform diente zum Feuermachen unter dem Schweinetrog."

„Ich bin froh, dass ich Gesellschaft bekomme und nicht mehr so allein bin", erklärt die Tante. „Du hast einen Schutzengel gehabt, denn viele SS-Angehörige sind von den Amerikanern dort eingesperrt worden, wo sie vorher die Häftlinge schikaniert haben."

An eine Heimreise nach Westfalen ist vorerst nicht zu denken. Das Eisenbahnnetz ist zusammengebrochen. Die Siegermächte haben Deutschland in vier Zonen eingeteilt und bauen notdürftig eine Verwaltung auf. Helmut ist froh, für eine Weile bei Tante Hedwig Unterschlupf zu finden. Aber er muss sehen, dass er an legale Papiere kommt, sonst existiert er nicht in diesem neuen Deutschland.

„Ob Otto noch lebt?"

Tante Hedwig weiß, wer gemeint ist. Denn der Name ist bei der heimlichen Sorge für die Insassen des KZ-Dachau mehrmals gefallen.

„Ich werde mich erkundigen", sagt sie.

Otto ist kurz vor dem Zusammenbruch freigekommen, hat fortan seine ganze Kraft den verbliebenen Häftlingen im Priesterblock geschenkt. Als Tante Hedwig seine Adresse ausfindig gemacht macht, schleicht Helmut in der Dämmerung zu ihm. Natürlich weiß Otto gleich, wen er vor sich hat, auch ohne schneidige Uniform.

Otto ist sichtlich gealtert. „Ich habe viele an Hunger und Krankheiten sterben sehen", berichtet er. „Der Tod eines Mannes ist mir sehr nahegegangen. Es war ein Marianhiller Missionar. Er hieß Engelmar Unzeitig und hat freiwillig Flecktyphuskranke gepflegt, sich angesteckt und ist daran gestorben. Die Mitbrüder haben ihn ‚Engel von Dachau' genannt. Ach, es sind so viele treue und liebenswerte Menschen heimgegangen, weil sie das Wort Nächstenliebe nicht nur gepredigt, sondern gelebt haben. – Doch jetzt zu dir. Ich habe noch eine Flasche Wein vor den Bomben gerettet. Die köpfen wir jetzt."

Helmut wehrt ab. „Warum lässt Gott das zu?", schreit er Otto an. „Sie müssten es doch wissen!" Otto schweigt eine Minute, als bastle er die Worte für eine Erklärung zusammen. „Ich kenne einen Mitbruder", sagt er dann, „der tat in München-Stadelheim seinen schweren Dienst. Manchmal musste er sechs, sieben Hinrichtungen pro Tag miterleben. Er war ganz verzweifelt und tröstete sich mit dem Gedanken, dass Gott Millionen Engel schicken könnte, wenn er wolle, um die Verbrechen zu sühnen. Das war sein einziger Trost, sonst wäre er verrückt geworden."

„Was ist das für ein Mann?"

„Er ist Gefängnisseelsorger und heißt Ferdinand Brinkmann. Er ist aus Paderborn. Er hat die Geschwister Scholl zur Hinrichtungsstätte begleitet, Alexander Schmorell, Willi Graf und wie sie alle hießen. Sie waren Widerstandskämpfer der ‚Weißen Rose'. Die Häftlinge hingen an ihm. Er war ihr treuer Wegbegleiter auf dem Weg zum Schafott."

Helmut schweigt. Ich dürfte mich nicht beklagen, denkt er. Doch dann erzählt er seine Geschichte. Otto hört zu, ohne ihn zu unterbrechen. „Ich habe inzwischen gute Beziehungen zu den Amerikanern. In der nächsten Woche treffen der Stadtkommandant und sein Team mit dem Kardinal zusammen. Ich bin auch eingeladen. Dann werde ich deinen Fall ansprechen."

Nun sind schon Jahre vergangen. Helmut lebt in Münster. Er ist Amtmann, hat geheiratet, seine Frau Elisabeth hat ihm drei Kinder geschenkt, Marita, Lucia und Georg, die das Kardinal-von-Galen-Gymnasium besuchen. Helmut und Elisabeth haben ein Haus in Hiltrup gebaut und die Raten mit der Zeit abbezahlt. Helmuts Eltern sind schon lange tot, seine Schwester Helga hat das elterliche Anwesen übernommen und fühlt sich mit ihrer Familie auf dem Lande wohl.

Als Edith Stein am 1. Mai 1987 von Papst Johannes Paul II. in Köln seliggesprochen wird, ist Helmut Pensionär, seine Kinder haben studiert und ihre eigenen Familien gegründet.

Die Heiligsprechung am 11. Oktober 1998 in Rom erlebt Helmut am Bildschirm mit. Da ist seine Frau inzwischen einem Krebsleiden erlegen. Er erinnert sich, dass er Edith Stein von der Liste der Todeskandidaten in Westerbork hat streichen wollen, was ihm jedoch nicht gelang. Rosa Stein erlitt das gleiche Schicksal. Doch obgleich sie gleichsam in die Fußstapfen ihrer Schwester trat, wie sie in der katholischen Kirche Aufnahme fand, ein Leben als Oblatin der Karmelitinnen führte und letztendlich den Tod in Auschwitz erlitt, ist ihr Leben unbekannt geblieben und kam nicht zu höheren Ehren. Rasch gewinnt auch die Gestalt von Wolfgang Rosenbaum wieder Kontur.

In der Zeit später, als man ehemaligen KZ-Aufsehern und ihren Helfershelfern den Prozess macht, wird Helmuts Leben noch einmal ins Rampenlicht gezerrt. Der frühere SS-Untersturmführer bezichtigt ihn, schwache und kranke Häftlinge auf dem Todesmarsch mit Eifer erschossen zu haben. Der Prozess gewinnt internationales Interesse.

Als sich schließlich ein Entlastungszeuge meldet und die Wahrheit ans Licht bringt, lebt Helmut nicht mehr. Er ist vor Gram gestorben. „Schade", gibt der frühere Häftling zu Protokoll, „ich hätte so gern noch einmal eine Zigarette mit ihm geteilt."

„Dachau ist der größte Märtyrer- und Priesterfriedhof der Welt, ein Mahnmal zur Besinnung, wohin die Welt kommt ohne Gott."

Pfarrer Richard Schneider, Häftling im KZ-Dachau; er überlebte.

57 Häftlinge aus dem KZ Dachau wurden selig gesprochen.

Am 30. Todestag von Bruder Wolfgang erklärte der damalige Pfarrer von St. Franziskus, Heinrich Keller: „Es bestehen auffällige Zusammenhänge zwischen dem Leben des hl. Franziskus und dem des Bruder Wolfgang. Beide hatten einen Textilkaufmann zum Vater, beide mussten sich mit dem Vater auseinandersetzen wegen ihres Gewissens, beide gaben ihr Hab und Gut der Kirche. In Witten wurde das Pfarrhaus und die Vikarie von dem Vermögen gebaut, das Bruder Wolfgang nach seinem Klostereintritt der Kirche geschenkt hatte."

Heute erinnert ein 1982/83 von Jupp Gesing aus Herne geschaffenes Glasfenster in der Pfarrkirche an ihn: In der rechten Fensterhälfte sieht man die Begegnung von Wolfgang Rosenbaum und Edith Stein. Die Bildunterschrift lautet: „Liebe ist größer als Gewalt."

Ein mittlerweile verstorbener Franziskaner, P. Ottokar Mund OFM, hatte sich rührig um das Andenken an Wolfgang Rosenbaum gekümmert. Zum 40. Todestag gab es das schon erwähnte Fenster und einen Gedenkstein auf dem Friedhof, zehn Jahre später haben wir eine schöne Kerze bei den Karmelitinnen anfertigen lassen, außerdem hat der damalige Pfarrer in einem Radiogottesdienst über Wolfgang Rosenbaum gepredigt.

70 Jahre später? Nichts.

Aus der *Chronik der St.-Franziskus-Gemeinde Witten*

Das Franziskanerkloster („het Klooster") in Woerden aus dem Jahre 1899 ist heute ein Veranstaltungszentrum.

Namensverzeichnis

Brinkmann, Ferdinand (?), stammte aus Paderborn, war Gefängnisseelsorger in Dortmund, Werl, Münster und schließlich im berüchtigten München-Stadelheim. Er hat ungezählte Menschen auf ihrem letzten Gang zum Galgen oder Schafott begleitet und die seelischen Strapazen mit einem frühen Tod bezahlt. Seine Schwester Elisabeth hat über ihren Bruder nach dem Krieg ein Buch geschrieben („Der letzte Gang“, Aschendorff, Münster), aber keine Daten mitverarbeitet. Leider hat sich niemand um seine Kanonisierung bemüht; er hätte es verdient.

Conti, Leonardo Ambrogio Giorgio Giovanni, Dr. (1900-1945) war ein schweizerisch-deutscher Mediziner. Während der Zeit des Nationalsozialismus war er als Reichsgesundheitsführer gleichzeitig Chef der Reichsärztekammer usw. Er war an der Tötung „lebensunwerten“ Lebens beteiligt und hoher SS-Offizier mit verschiedenen Aufgaben.

Durchleuchter, Beatus OFM (1907-2000), bestattet auf dem Friedhof der Franziskaner Overrijn7 Katwijk aan den Rijn. Katwijk ist eine Stadt und Gemeinde in den Niederlanden, Provinz Südholland.

Faulhaber, Michael von (1869-1952), seit 1917 Erzbischof von München-Freising, seit 1921 Kardinal.

Galen, Clemens August, Graf von (1878-1946), Bischof und Kardinal. Er war von 1933 bis 1946 Bischof von Münster. Bekannt wurde er unter anderem durch sein öffentliches Auftreten gegen die „Vernichtung lebensunwerten Lebens“ während des Dritten Reiches. Seine Seligsprechung erfolgte im Jahre 2005.

Himmler, Heinrich, Luitpold (1900-1945), deutscher Politiker der NSDAP, Reichsredner, Parteifunktionär, stand an der Spitze der Schutzstaffel SS, Reichsführer SS, Chef der deutschen Polizei, Reichskommissar für die Festigung des deutschen Volkstums, Reichsinnenminister, nach Hitler der mächtigste Mann im Staat

Hirschfelder, Gerhard (1907-1942), Sohn einer ledigen Mutter, studierte als Priesteramtskandidat der zum Erzbistum Prag gehörenden Grafschaft Glatz Philosophie und Theologie in Breslau. Er war nach der Priesterweihe zunächst in Tscherbeney, dann in Habelschwerdt tätig. Im Juli 1932 wurde er Jugendseelsorger der Grafschaft Glatz. Er war als Seelsorger äußerst beliebt und hoffte, dass die Jugend dem nationalsozialistischen Einfluss standhalten würde. „Wer der Jugend den Glauben an Christus aus dem Herzen reißt, ist ein Verbrecher!“ Diese und andere Äußerungen führten im August 1941 zu seiner Verhaftung. Vier Monate später wurde Gerhard Hirschfelder in das Konzentrationslager Dachau überführt. Dort starb er am 1. August 1942 an Entkräftung. Am 19. September 2010 wurde er im Dom zu Münster durch Joachim Kardinal Meisner seliggesprochen, nachdem Papst Benedikt XVI. zuvor das Martyrium anerkannt hatte.

Hlond, August, Kardinal SDB (1881-1948), 1925 Bischof von Kattowitz, seit 1926 Erzbischof von Gnesen und Posen, seit 194 6 auch von Warschau, Primas von Polen. Salesianer, Direktor und Gründer salesianischer Schulen. Nach Kriegsausbruch in den Vatikan geflohen, berichtete er über

Radio Vatikan über die Gräueltaten der Nazis in seiner Heimat. Auf Druck Mussolinis aus Rom abgeschoben, lebte er von 1940 bis 1944 in Lourdes. Die Gestapo brachte ihn nach verschiedenen Zwischenaufenthalten nach Wiedenbrück in das Kloster der Schwestern der Christlichen Liebe. Dort wurde er am 1. April 1945 von der US Armee befreit.

Himmler wollte Hlonds Einfluss in Polen nutzen, um eine polnische Armee gegen den Bolschewismus aufzubauen, was jedoch misslang. Hlond war Antisemit, strebte eine katholische Monarchie an. Er drängte die deutschen Bischöfe aus den verlorenen Ostgebieten zur Abdankung, ohne dazu von Rom autorisiert zu sein. Er widmete viele ehemals evangelische Gotteshäuser in katholische Kirchen um. In einem Brief an den Vatikan schrieb er: „Der Spuk des Luthertums östlich von Oder und Neiße ist beendet".

Die geplante Seligsprechung Hlonds trifft auf großen Widerspruch auch von Seiten der Deutschen Bischöfe und des jüdischen Komitees Amerikanischer Juden. Die Salesianer verehren ihn als „Diener Gottes".

Jong, Jan/Johannes de (1885-1955), seit 1936 Erzbischof von Utrecht, organisierte den Widerstand gegen die deutsche Besatzung, veröffentlichte 1942 einen Hirtenbrief gegen die Judenverfolgung.

Leisner, Karl (1915-1944), studierte in Münster Theologie und baute verbotene Jugendgruppen auf. Bischof Clemens August Graf von Galen betraute ihn mit dem Amt des Jungscharführers. Am 25. März 1939 erhielt er die Diakonatsweihe. Wegen einer Kritik an Hitler wurde er denunziert, kam ins Gefängnis nach Freiburg, dann ins Gefängnis nach Mannheim, wo seine Tuberkulose-Krankheit wieder aufbrach, dann ins Konzentrationslager Sachsenhausen und im Dezember 1940 ins KZ nach Dachau. Dort wurde er im Dezember 1944 vom Mithäftling Bischof Gabriel Piquet von Clermont-Ferrand zum Priester geweiht. Die heiligen Öle hatte die 20-jährige Schwesternschülerin Josefa Mack bei Kardinal Michael Faulhaber besorgt und ins Lager geschmuggelt. Bischofsgewand, Bischofsstab, Ring und Mitra waren heimlich von KZ-Häftlingen unter Lebensgefahr hergestellt worden. 1996 sprach Papst Johannes Paul II. Karl Leisner in Berlin selig. Sein Grab befindet sich in der Krypta des Xantener Domes.

Mack, Josefa, vor Ordenseintritt **Maria Imma** (1924-2008), von der Kongregation der Armen Schulschwestern Unserer Lieben Frau in München, lernte die erbärmliche Situation der Häftlinge in Dachau kennen und erwies sich als große heimliche Helferin. Sie schmuggelte Briefe, Medikamente, Lebensmittelpakete ins Lager. 2004 wurde Josefa Mack als Ritterin „femme chevalier" in die französische Ehrenlegion aufgenommen, da zu ihrem „Kundenkreis" auch viele Franzosen gehörten. Sie erhielt ferner das Bundesverdienstkreuz I. Klasse. Eine Realschule in Eching im Landkreis Freising wurde nach ihr benannt. Im Münchener Stadtteil Au gibt es einen Imma-Mack-Weg.

Pieper, Lorenz, Dr. (1875-1951), war ein katholischer Priester. Er war ein früher Anhänger und Propagandist der völkischen Bewegung und des Nationalsozialismus. Als Anstaltsgeistlicher in Warstein war er ein entschiedener Gegner der Euthanasie im Rahmen der Aktion T4 und wandte sich vom Nationalsozialismus ab.

Pies, Otto SJ (1901-1960), war ein deutscher römisch-katholischer Priester, Mitglied der Ordensgemeinschaft der Jesuiten und entschiedener Kritiker des Nationalsozialismus. Während seines gesamten Wirkens war sein Hauptaufgabenfeld die geistliche Begleitung von Priester- und Ordensberufen, darunter in Dachau auch die Betreuung von Karl Leisner und seine Vorbereitung auf die Priesterweihe.

Piguet, Gabriel Emmanuel Joseph (1887-1952), war römisch-katholischer Bischof von Clermont. Er spendete Karl Leisner im KZ Dachau das Sakrament der Priesterweihe.

Rechmann, Johannes, Pfarrer (1881-1958), war von 1932 bis 1952 Seelsorger der St.-Josephs-Gemeinde, später St.-Franziskus-Gemeinde, in Witten.

Stein, Edith, Ordensname **Teresia Benedicta a Cruce OCD** (1891-1942), Philosophin, Frauenrechtlerin jüdischer Herkunft, arbeitete u.a. am Deutschen Institut für wissenschaftliche Pädagogik in Münster, wo sie besonders gern die Kirche St. Ludgeri besuchte, konvertierte 1922 und trat 1933 bei den Unbeschuhten Karmelitinnen in Köln und nach der Reichspogromnacht in Echt ein. Mit ihrer Schwester Rosa (1883-1942) wurde sie von der Gestapo verhaftet und kam über das Polizeilager Amersfoort ins Durchgangslager Westerbork, von wo am 7. August 1942 ein Deportationszug ins Vernichtungslager Auschwitz-Birkenau abging. Am 9. August wurden Edith Stein und ihre Schwester in der Gaskammer ermordet. Papst Johannes Paul II. sprach Edith Stein 1987 in Köln selig, die Heiligsprechung erfolgte am 11. Oktober 1998 in Rom.

Stein, Rosa (1883-1942), eins von elf Kindern der jüdischen Unternehmerfamilie Siegfried Stein und seiner Ehefrau Auguste, geb. Courant. Der Vater starb an einem Arbeitsunfall. Im Gegensatz zu ihren Geschwistern konnte Rosa nicht studieren, sondern führte nach dem Lyceumsbesuch in Breslau den großen Haushalt. Beeinflusst von Edith ließ sie sich 1936 nach dem Tod der Mutter taufen und folgte ihrer Schwester in die Klöster der Karmelitinnen in Köln und Echt, wo sie als Mitglied des Dritten Ordens Unserer Lieben Frau vom Berge Karmel jeweils den Pfortendienst übernahm. Ihr weiteres Schicksal ist mit dem ihrer Schwester Edith identisch.

Unzeitig, Engelmar (Hubert), Pater (1911-1941), Marianhiller Missionar. Sein Vater war im Ersten Weltkrieg 1916 in russischer Kriegsgefangenschaft an Typhus gestorben, die Mutter musste die sechs Halbwaisen allein großziehen. Da Hubert Unzeitig Missionar werden wollte, schloss er sich siebzehnjährig der Gemeinschaft der Marianhiller Missionare in Reimlingen an und erhielt den Ordensnamen Engelmar. Er holte 1934 das Abitur nach und studierte Theologie und Philosophie in Würzburg. 1939 wurde er zum Priester geweiht, am 15. August feierte er Primiz in seinem Heimatort Greifendorf. Der Beginn des Zweiten Weltkrieges verhinderte die Abreise in die Mission. P. Engelmar arbeitete zunächst im Ordenshaus in Riedegg (Oberösterreich), wo er u.a. französische Kriegsgefangene betreute. Ab Oktober 1940 war er Seelsorger bei Glöckelberg bei Krummau in Böhmen. Er protestierte im Unterricht wie auch von der Kanzel gegen die Verfolgung der Juden. Wegen „tückischer Äußerungen und Verteidigung der Juden“ wurde er angezeigt und verhaftet. Ohne Gerichtsverhandlung kam er nach sechs Wochen Untersuchungshaft in Linz an der Donau am 8. Juni 1941 in das KZ Dachau in den Priesterblock.

Als im November 1944 eine Flecktyphusepidemie ausbrach, meldete sich P. Engelmar freiwillig zur Pflege der Kranken. Hunderten Sterbenden, darunter vielen Russen, spendete er die Sterbesakramente. Andere Häftlinge rettete er vor dem Hungertod, indem er ihnen sein Essen gab. Schließlich starb er selbst am Flecktyphus. Von Mithäftlingen und Überlebenden wurde er als „Engel von Dachau" bezeichnet.

2009 unterzeichnete Papst Benedikt XVI. ein Dekret der Heiligsprechungskongregation, das Pater Unzeitig den heroischen Tugendgrad zuerkannte. Am 22. Januar 2016 bestätigte Papst Franziskus das Martyrium, womit die entscheidenden Voraussetzungen für die Seligsprechung erfüllt waren. Der damalige Kardinalpräfekt der Kongregation für die Selig- und Heiligsprechungsprozesse, der Salesianer Angelo Amato, nahm am 24. September 2016 im Dom zu Würzburg die Seligsprechung P. Engelmars vor.

Zawacki, Johannes P. (1919-2008), gehörte mit der Novizin Josefa Mack zu den heimlichen Helfern im Priesterblock in Dachau. Er schmuggelte Medikamente ins KZ. Der Kontakt zu den Häftlingen entstand bei deren Arbeitseinsatz auf den Feldern. 1963 wurde Zawacki Direktor des jesuitisch geführten Canisius-Kollegs in Berlin.

Literatur

„Die Judenverfolgung in den Niederlanden“. Westfälische Wilhelms-Universität Münster, NiederlandeNet.

Otto Pies SJ: „Schenkende Hände – Helferinnen der KZ-Priester“. Verlag Butzon & Bercker, Kevelaer 1958.

Franziska Broich (KNA): „Der Hirtenbrief von 1942 zeigt die klare Haltung der Kirchen. ‚Eine Zeit großer Not‘.

Ernst Eisenbichler: „Todesmärsche – die letzte Qual“, 25.4.2015, BR.

Volksbildungswerk Hövelhof 2004: „Verraten – Verhaftet – Verurteilt“. Hilfe an jüdischen Mitbürgern führte zu langer Haftstrafe. Maria Henkemeyer (1903-1978).

„Unsere Ermländische Heimat“ – Mitteilungsblatt des Historischen Vereins für Ermland, Jahrgang 58, Nr. 1/2, Pfingsten 2012, darin: Prof. Dr. Hans Jürgen Brandt: „Primas August Hlond und Bischof Maximilian Kaller im Kloster der Schwestern der Christlichen Liebe in Wiedenbrück“.

Weitere Beiträge aus Wikipedia

Die Judenmetzgerei

Hermann Multhaupt
»Die Judenmetzgerei«
Ein Familienschicksal aus Deutschlands dunkelster Zeit
Taschenbuch, 68 Seiten
ISBN: 978-3-944974-46-0
Preis: 7,80 €
dialogverlag 2020

Else Rubin, Mutter von sechs Kindern, hat alle Hände voll zu tun, um ihre Metzgerei im Jahr 1943 am Laufen zu halten. Ihr Mann kämpft an der Front in Russland, nur der einbeinige Onkel Gustav arbeitet in der Metzgerei mit. Als Frau Rubin das Mutterkreuz für ihre Kinder verliehen werden soll, die sie laut Ortsgruppenleiter „dem Führer geboren hat“, lehnt sie sich erstmals mutig gegen die NS-Ideologie auf …
Bewegend erzählt Hermann Multhaupt von der couragierten Metzgersfrau, deren aufrechte Haltung beispiellose Charakterstärke bezeugt – ein ermutigendes Beispiel für Widerstand in Zeiten wiedererstarkender antisemitischer Tendenzen.

Die Mordnacht über der Königspfalz

Hermann Multhaupt
»Die Mordnacht über der Königspfalz«
Mittelalter-Roman über das Leben der heiligen Ida von Herzfeld
Taschenbuch, 168 Seiten
ISBN: 978-3-944974-45-3
Preis: 12,80 €
dialogverlag 2020

Der Mittelalter-Roman erzählt die spannende Geschichte der sächsischen Adeligen Gunloda zur Zeit Karls des Großen. Der Kaiser will das sächsische Volk durch Zwangstaufen gefügig machen und zum Christentum zwingen. Um dieses Ziel zu erreichen, lässt er sächsische Edelinge als Geiseln nehmen und bei fränkischen Familien Dienst tun. Auch Gunloda und ihr Freund Hengist sind von diesem Schicksal betroffen: Während es Gunloda in einer christlichen Familie gut ergeht, wird Hengist am Hof des Pfalzgrafen gedemütigt und schwört Rache. Mittel zum Zweck in seinem teuflischen Plan ist Gunloda, die nach schweren Gewissenskonflikten eine bedeutungsschwere Entscheidung trifft …
Schließlich begegnet Hengist Ida von Herzfeld, einer Verwandten Karls des Großen. In ihrem Umfeld erschließt sich ihm nach und nach die wahre Bedeutung des Christentums.